Die Blumenbombe

Versuchsweise wurde kürzlich eine Blumenbombe über der norddeutschen Stadt Miefstetten abgeworfen. Die Einwohner waren Stunden zuvor davon unterrichtet worden, dass sie mit einem großen Blumenstrauß beglückt werden sollten – was das aber bedeutete, hatte keiner auch nur ahnen können. Die Straßen und Häuser der Stadt waren in wenigen Stunden mit Blumen übersät. Knietief sanken die Bewohner in ein Meer von Lilien, Narzissen, Gladiolen, Nelken, Dahlien, Margeriten und dornenlosen Rosen in allen Farben. In manchen engen Straßen stand ihnen die Blumenpracht bis zum Halse. Miefstetten duftete betörend, »wie eine parfümierte Prinzessin zur Hochzeit«, meinte der Bürgermeister Jochen Löttel später. Wie im Rausch sanken sich die Miefstettener in die Arme, küssten sich, sangen Lieder und tanzten, so gut das im Blumenmeer möglich war ...

Mahesh Motiramani wurde 1954 in Bombay geboren, kam als Sechsjähriger nach Deutschland und wuchs in Hamburg auf. Während des Studiums der Slawistik fand er in Nikolai Gogol und Daniil Charms seine literarischen Vorbilder. Seit 1990 ist er Mitarbeiter des Goethe-Instituts München. Im Allitera Verlag erschien 2003 sein Kurzprosaband »Seelenflucht«.

Mahesh Motiramani

Die Blumenbombe

Kurzprosa

Weitere Informationen über den Verlag und sein Programm unter:
www.allitera.de

Bibliographische Information der Deutschen Bibliothek

Die Deutsche Bibliothek verzeichnet diese Publikation in der Deutschen Nationalbibliographie; detaillierte bibliographische Daten sind im Internet über <http://dnb.ddb.de> abrufbar.

August 2004
Allitera Verlag
Ein Books on Demand-Verlag der Buch&media GmbH, München
© 2004 Buch&media GmbH (Allitera Verlag)
Umschlaggestaltung: Kay Fretwurst, Spreeau
Herstellung: Books on Demand GmbH, Norderstedt
Printed in Germany · ISBN 3-86520-060-5

Inhalt

Kurze Geschichten

Spaziergang · 9
Bertha · 12
Hunger · 16
Entwicklungssprung · 21
Erziehung · 24
Eheglück · 26
Cool · 29
Anekdote aus dem Leben Mozarts · 30
Es war einmal … · 31
Ohnmacht · 32
Hochhaus-Tragödie · 33
Esel · 37
Unterricht · 40
Der Traum · 42
Gott und Satan. Drei Dialoge · 44
Der Schriftsteller und der Tod · 52
Drei Gauner · 54
Gift · 56
Bruno. Ein Porträt · 58
Der Spion · 68
Herr Dreikorn · 72
Flugzeugsinfonie · 75
Der blöde Sohn · 77
Der Wunsch · 82
Dämon · 85

Meldungen, Meinungen, Mitteilungen

Ländertausch · 89
Die Blumenbombe · 91
Reportage aus der Zukunft:
  Tourismus-Branche aktiv im Kampf gegen Rechts · 93
Die Lachdose · 96
Telewasser · 99
Interview mit Daniel Charms · 101
Neues aus der Teilchenforschung · 107
Aberkennung des Nobelpreises · 108
Eine neue Lebensform:
  Über das Dummrumsitzen · 109
Der Podexbeschleuniger · 116

Kurze Geschichten

Spaziergang

Was ist los? Sie langweilen sich? Ich auch. Tun wir uns zusammen und gehen durch den Park. Sonne, blauer Himmel, frische Luft, das heitert uns auf. Da vorne ein Gewässer, umgeben von Erlen, Weiden und rotem Holunder. In der Mitte eine kleine Insel. Hübscher See. Aber lohnt es sich, ihn näher zu betrachten? Na gut, schauen wir genauer hin. Zwei blöde Enten jagen sich, bis sich die eine, wild mit den Flügeln schlagend, erhebt, eine Runde fliegt und sich am andern Ende des Sees niederlässt. Der zurückgebliebene Erpel quakt traurig sein Leid.

An anderer Stelle machen sich drei Erpel an eine Ente heran. Zwei der Erpel passen auf, dass das Weibchen nicht abhaut, der dritte bespringt sie, so dass sie nur noch mit Kopf und Hals aus dem Wasser schaut. Genug davon. Der See interessiert uns nicht wirklich, oder? Da vorn am Ufer geht ein Mann und führt seinen Hund an der Leine spazieren. Auch nicht gerade berauschend. Aber nähern wir uns mal von hinten und beobachten, was die beiden so treiben. Seltsam, Herr und Hund reden ja miteinander. Was reden sie denn?

»Weißt du, Albert, ich frage mich, was Lotte an dem Kerl so toll findet«, sagt der Mann zu seinem Hund.

»Hat keinen Sinn, sich Gedanken zu machen, Stefan. Alle Weiber sind so, ich meine so undurchschaubar«, sagt das Tier.

Es ist ein Schäferhund. Während er das sagt, schnüffelt er in den Büschen am Wegrand. Ab und zu hebt er das Hinterbein und markiert Baumstämme oder Sträucher mit seinem Urin. Sein Herr, ein kleiner stämmiger Mann, nickt und kratzt sich an der Stirn. »Was soll ich tun? Warten, bis sie zurückkommt?«

Der Hund bleibt an einer Weide stehen und richtet sich daran mit Hilfe seiner Vorderpfoten auf. »Lass sie gehen. Entweder kommt sie von selbst zurück oder sie bleibt weg. Nimmst dir halt eine andere.«

Der Mann holt sich aus der Brusttasche seiner ärmellosen Jacke Zigaretten und zündet sich eine an. »Aber begreif doch endlich, Albert, ich liebe sie.«

Der Hund, der jetzt mit den Vorderpfoten am Baumstamm aufrecht steht, schaut über den See und schnauft verächtlich.

»Wuff, hör schon auf, Stefan! Liebe! Zu viel Liebe macht krank, nimmt dir die Lebenskraft. Schau dir den See an. Das ist ein See und kein Ozean. Klein, überschaubar, begrenzt. Jeder von euch Menschen trägt mindestens einen Tropfen Liebe in sich, mancher eine Pfütze und einige wenige sogar einen See. Deine Liebe ist wohl so ein kleiner See. Einen Ozean Liebe könnte niemand in sich tragen, er würde auf der Stelle tot umfallen.«

»Meinst du wirklich?« Der Mann hält seinem Hund die brennende Zigarette hin. Der nimmt einen Zug und bläst den Rauch seitlich aus dem Maul.

»Na klar«, sagt der Hund. »Liebe ist pure Energie. Wenn man beispielsweise alle liebenden Frauenherzen dieser Welt zusammenschalten würde, ergäbe das ein Kraftfeld, welches die Gravitation der Erde um so viel erhöhen würde, dass sämtliche Trabanten und Himmelskörper der näheren Umgebung auf unsere Mutter Erde fallen würden, allen voran der Mond.«

Der Mann schüttelt den Kopf. »Unglaublich.«

»Liebe ist gut, wenn sie so groß ist wie der See da«, sagt der Hund. »Doch wenn sie so groß ist wie ein Ozean, bringt sie den Kosmos durcheinander.«

»Trotzdem, ich kann ohne Lotte nicht leben.« Der Mann hält dem Vierbeiner nochmals seine Zigarette hin. Der nimmt einen Zug und lässt sich auf den Boden fallen.

»Das bildest du dir ein«, sagt er und bläst den Rauch ins Gras. »Je mehr Zeit vergeht, desto weniger wirst du an sie denken. Liebe wird schwächer, wenn das Objekt fehlt.«

Der Mann schüttelt energisch den Kopf. »Bei mir nicht.«

Ein Ruck geht durch den Hund. Wie elektrisiert streckt er seinen Kopf in eine bestimmte Richtung. »Gehen wir weiter?«, sagt er und wedelt kurz mit dem Schwanz. »Da vorn ist eine Cockerspaniel-Frau, die würde ich gern beschnuppern. Die sieht klasse aus.«

»Albert, die anderen Hunde sind doch dumm. Warum gibst du dich mit ihnen ab? Du bist viel zu intelligent.«

Der Hund setzt sich in Bewegung, zieht seinen Herrn hinter sich her. »Ach, diese blöde Leine«, sagt er. »Nun mach schon, sonst ist sie weg.«

»Nein, im Ernst«, sagt der Mann. »Von allen Hunden, die ich hatte, bist du der klügste. Vor dir besaß ich einen Rottweiler, der konnte nicht einmal seinen Namen buchstabieren.«

Der Schäferhund bleibt verärgert stehen. »Wuff, wie oft habe ich dir gesagt, dass ich nichts dafür kann. Das hat mit den Genen zu tun, und mit Züchtung. Los, beweg dich, du fauler Sack, ich muss die Frau da beschnüffeln.«

Dann dreht er sich um und rennt weiter. Sein Herr kann ihm nur mit Mühe folgen.

Hier wollen wir unseren Spaziergang beenden. Und Sie bekommen die Gelegenheit, zu schreien oder sich selber in die Büsche zu werfen.

Bertha

Seit langem himmelte ich Bertha an. Zweimal in der Woche betrat sie ihren riesigen Balkon, der um das halbe Haus herumführte, und schaute zu uns herunter. Dort, im Garten ihres Anwesens, stand ich in einer Gruppe von Männern, die gekommen waren, um Berthas Gunst zu gewinnen. Wir alle waren in sie verliebt, sie war für uns Schwergewichtige die Schönste im ganzen Land. Ich hielt mich am heutigen Tag für den aussichtsreichsten Kandidaten, die Wetten um mich standen gut.

Bertha lehnte am Geländer und winkte uns zu, verteilte Kusshände. Sie sah bezaubernd aus in ihrem roten Sommerkleid. Mit meinem Blick tastete ich sie ab; ihre runden Schultern und kräftigen Arme, ihre mächtige Brust und nicht zu vergessen: ihr rundes, weiches, rotwangiges Gesicht, einfach wunderbar. Auf wen würde sie heute zeigen? Sie begrüßte uns und dankte für unser Kommen. Dann war es so weit, sie hob den rechten Arm, ließ ihn kreisen und streckte ihn mit gezücktem Zeigefinger. Sie deutete – es war kein Zweifel möglich – auf mich.

Vor Freude machte ich einen kleinen Luftsprung, aber mit meinen 102 Kilo hob ich höchstens zwei Zentimeter vom Boden ab. Günther kam und schüttelte mir mit ernstem Gesicht die Hand. »Du verdammter Glückspilz. Ich beneide dich«, sagte er mit gepresster Stimme. Günther hatte schon zwei Jahre lang vergeblich um die Gunst von Bertha geworben.

Fotografen vom »Stadtkurier« und von der »Abendzeitung« machten Bilder von mir. Wenn alles glatt ging, würde ich bald zur erlesenen Schar der hoch angesehenen Männer gehören, die es geschafft hatten, in Berthas Gemächer vorzudringen und Küsse mit ihr auszutauschen.

Von ihrem Balkon fiel nun eine Strickleiter herab, an der ich hochklettern sollte. Es war eine Art Probe. Viele waren an dieser Leiter gescheitert. Bertha wollte sicher gehen, dass ihre Liebhaber genügend Kräfte hatten. Für mich keine Schwierigkeit, ich hatte bei Muttern trainiert, hatte an ihrem Haus eine Strickleiter angebracht, die vom Balkon im ersten Stock bis zum Rasen reichte. Aber als ich nun einen Fuß nach dem anderen auf die Sprossen der schwankenden Leiter setzte – an diesem Tag war es zudem windig –, da kam ich doch sehr bald ins Keuchen, immer wieder ging mir vor Erregung und Anstrengung die Luft aus. Oben angekommen, nahm ich die letzte Hürde und kletterte über das breite Holzgeländer, was bei meinem Gewicht ebenfalls nicht ohne Schwierigkeiten ablief. Als ich endlich vor ihr stand, plumpste ich zu Boden, um zu verschnaufen. Während ich andachtsvoll ihre runden Knie und strammen Waden betrachtete, hielt mir Bertha zum Gruß ihre gepolsterte Hand hin. Kaum hatte ich sie ergriffen, zog sie mich hoch. Sie war bärenstark, das hatte ich nicht erwartet. Wir winkten der jubelnden, aber wohl auch neidischen Menge der Schwergewichtigen zu und verzogen uns in die Wohngemächer der Gastgeberin. Sie führte mich in einen leeren Raum, wo auf dem Boden eine große, königsblaue, quadratische Matte lag. An einer Wand standen zwei robuste Holzstühle.

»Was ist das? Wo ist denn … dein Schlafzimmer?«, fragte ich.

»Mein Schlafzimmer? Da wollen wir nicht hin«, sagte Bertha und lachte. Offenbar freute sie sich über meine Verwirrung.

»Was wollen wir denn hier? Doch nicht etwa turnen?«

»Genau das.«

Ratlos sah ich sie an. Wieder lachte sie. Sie holte mit ihrer Rechten aus, und es machte Pitsch-Patsch. Ich prallte erschrocken zurück. Gleich darauf packte sie mich am Hemd, und es machte Ritsch-Ratsch.

»Was zum Teufel soll das?«

Statt zu antworten, schlug sie mir ihre Faust in den Magen. Es machte Buff! Ein dumpfes Geräusch, ich sank auf die Matte. Sie zog mir Schuhe und Hose aus. Ich war zu benommen, um in irgendeiner Weise zu reagieren. Kurz danach legte sie ihr rotes Kleid ab und warf sich dann in Unterwäsche auf mich.

»Wehr dich, zeig, was in dir steckt!«, rief sie und verabreichte mir mehrere Ohrfeigen.

Ich schrie und versuchte sie wegzustoßen, aber sie war zu stark. Sie riss mich am linken Arm herum, so dass ich auf den Bauch rollte, dann bog sie den Arm so heftig nach oben, dass ich erneut vor Schmerz brüllte. Ich bekam Angst, sie könnte mir den Arm brechen und begann mich zu wehren, ich warf mich herum und stieß sie mit der Rechten von mir. Bertha fiel zur Seite.

»Gut so! Ich mag keine Schlappschwänze«, sagte sie und rammte mir ihr Knie in die Seite.

Da brodelte Zorn in mir auf, ich wollte mir das nicht länger gefallen lassen, wollte sie treten und boxen, doch sie bewegte sich in einer Geschwindigkeit, die ich ihr nicht zugetraut hatte. Ich bekam sie nicht zu fassen. Sie dagegen schaffte es, mit beiden Armen meinen Kopf von hinten zu packen und in die Mangel zu nehmen. Mir war, als wäre ich in einen Schraubstock geraten. Voller Verzweiflung rammte ich ihr den Ellbogen in die Seite. Sie japste und ließ mich los. »Nicht schlecht, mein Junge.« Gleich darauf donnerte sie mir ihre Faust auf den Kopf und nahm mich dann in den Schwitzkasten. Ich hatte keine Kraft mehr, ließ mich ohne Gegenwehr fallen und auf den Rücken drehen. Sie bestieg mich, presste meine Schultern auf die Matte.

»Gewonnen«, rief sie triumphierend. Dann beugte sie sich zu mir herab und gab mir einen Kuss auf den Mund, einen richtigen Zungenkuss.

Ächzend und noch völlig benommen erhob ich mich. Der Boden schwankte, die beiden Stühle sah ich doppelt. Bertha lief aus dem Zimmer und kehrte mit einem Tablett zurück, auf dem zwei Gläser mit Orangensaft standen. Sie reichte mir eins. Eine Weile saßen wir auf den Stühlen, tranken und verschnauften, auch sie war in Schweiß gebadet.

»Kein schlechter Kampf, aber du musst noch lernen«, sagte sie und nahm meine Hand. »Es ist Zeit. Zieh dich an.« Zum Abschied gab sie mir einen festen Kuss, der mich schwindliger machte, als ich schon war. »Hast dich gut gehalten«, sagte sie und kniff mir in die Wange.

»Aber Bertha, das kann doch nicht alles sein. Ich dachte, wir ...«
»Wofür hältst du mich? Andere würden für einen meiner Küsse sterben.«

Ich war den Tränen nahe. »Bertha, wirklich, ich begreife das nicht, ich hatte davon geträumt, mit dir ...«
»Nichts da. Du gehst jetzt«, sagte sie und schlüpfte in ihr Kleid.

Schweigend zog ich mir das zerrissene Hemd an, stieg in die Hose und band mir die Schuhe wie in Trance, immer wieder fragte ich mich, ob das alles wahr sein könne.

Bertha öffnete die Balkontür. Mit einem Lächeln winkten wir der Menge zu, was mit lautem Beifall bedacht wurde, dann kletterte ich an der Strickleiter hinunter. Meine Hände zitterten, ich fühlte mich betrogen und hinters Licht geführt. Unten angekommen, erntete ich neidische Blicke. Nochmals wurde ich fotografiert. Die Leute stellten die üblichen Fragen. »Na, wie war's«, riefen sie. »Hat sie's dir gegeben? Oder du ihr? In welcher Stellung? Doch nicht etwa Französisch? Mann, du siehst aber mitgenommen aus. Bertha ist eine Wucht. Es muss phantastisch mit ihr sein.«

Und Günther, der schon seit langem davon träumte, es mit Bertha zu treiben, aber viel zu leichtgewichtig war, um von ihr ausgewählt zu werden, sagte: »Du Glücklicher! Diesen Tag wirst du nie vergessen. Wie gern wäre ich an deiner Stelle gewesen.«

Ich zog es vor zu schweigen. Sie würden mich in Stücke reißen, wenn ich ihnen die Wahrheit erzählte. Missmutig trottete ich nach Hause.

Jetzt wusste ich es: Nichts ist kostbarer als eine Illusion.

Hunger

Sandra hatte verschlafen. Nach ihrer Morgentoilette huschte sie in die Küche und machte sich drei Käsebrote. Eilig verließ sie ihre Wohnung. Auf dem Weg zur U-Bahn, der sie über den Ratzinger Platz führte, bekam sie Hunger; sie holte eines der Brote hervor und biss gierig hinein. Ziegenkäse mit Kräutern, wunderbar. Ein kleiner Mann mit Schnauzer und Baskenmütze, der an der Bushaltestelle auf dem Platz herumlungerte, kam mit schnellem Schritt auf sie zu, riss ihr das Brot aus der Hand und lief davon.

»He!«, rief Sandra dem Räuber nach, der die Boschetsrieder passierte und in der Halskestraße verschwand.

›So ein Kerl‹, dachte sie und holte sich noch ein Brot heraus, als sie an der roten Ampel stand. Sie hatte gerade zweimal abgebissen, da wurde sie beim Überqueren der Aidenbachstraße von einer Frau in schwarzen Jeans überholt. Die riss ihr das Frühstück aus der Hand und lief bei Rot über die Boschetsrieder. Sandra war perplex. Seit wann wurde Mundraub auf offener Straße begangen? Hungriger als zuvor stieg sie hinunter zur U-Bahn-Station. Da sie noch fünf Minuten auf den nächsten Zug warten musste, beschloss sie ihr letztes Brot zu essen. Nachdem sie sich vergewissert hatte, dass niemand in der Nähe war, stellte sie sich mit dem Rücken an einen Pfeiler und aß, immer wieder nach links und rechts schauend, ihr Frühstück. Mit Genuss kaute sie ihren dritten Bissen, als das Rauschen eines herannahenden Zuges zu vernehmen war. ›Zu früh‹, dachte sie und sah auf die Uhr. Im gleichen Moment aber merkte sie, dass es der Zug aus der Gegenrichtung war, der mit Getöse einfuhr. Sie wollte gerade abbeißen, da schnellte plötzlich eine große Hand hinter dem Pfeiler hervor und stahl ihr das Brot.

»Nein!«, rief Sandra. Diesmal rannte sie dem Dieb nach. Es war ein junger drahtiger Bursche in Turnschuhen. Er sprang in den Zug, die Türen schlossen sich. Sie sah nur noch, wie er, am Fenster stehend, in ihr leckeres Käsebrot biss.

›Zum Teufel‹, dachte sie, ›hat es denn die ganze Welt auf mein Frühstück abgesehen?‹ Hungrig und wütend kam sie in der Firma an. Schnurstracks ging sie in die Küche, öffnete den Kühlschrank und nahm sich das erstbeste Brot, das sie finden konnte. Es war mit

Blutwurst belegt. Sie verzehrte es grimmig und setzte sich an ihren Schreibtisch. Blutwurst – auch das noch! Das war bestimmt die Pause von der dicken Cornelia gewesen. Die aß immer so ein Zeug.

Eine halbe Stunde später kam die Buchhalterin Cornelia in die Küche, um sich ihr Frühstück aus dem Kühlschrank zu nehmen. ›Sauerei. Mein Brot ist weg‹, dachte sie verblüfft. ›Seit wann wird denn bei uns geklaut? Wenn das so ist, nehme ich mir ein anderes.‹ Sie erwischte eines mit einer vegetarischen Paste. ›Mist, zur Not aber esse ich auch diesen Dreck. Das war bestimmt das von Deborrah, die frisst ja nur Grünfutter.‹

Deborrah war die Chefsekretärin. Sie hatte die Gewohnheit, bis elf Uhr nur zu trinken und nichts zu essen. Dann aber hatte sie großen Hunger. Sie wäre fast in Tränen ausgebrochen, als sie ihre Pause nicht fand. Außer den Broten des Chefs war im Kühlschrank nichts Essbares zu sehen.

›Ich nehme mir davon‹, dachte Deborrah, ›Herr Meissner kann sich ja was beim Imbiss an der Ecke holen, der hat genug Geld.‹ Geschwind schnappte sie sich das Frühstück vom Chef und wickelte es aus dem Papier. Es waren zwei kleine, mit Krabben belegte Brote. Seufzend biss sie hinein. Normaler Käse wäre ihr lieber gewesen.

Zehn Minuten später öffnete Herr Meissner den Kühlschrank. Er war hungrig.

›Nanu, wo ist denn meine Pause‹, dachte er. ›Ich habe sie vorhin selbst ins oberste Fach getan.‹ Wütend schloss er den Kühlschrank. Er hatte sich so auf seine Krabbenbrote gefreut. Mit festem Schritt betrat der das Großraumbüro. »Wer hat mein Brot geklaut?«, rief er wütend.

»Meins ist auch geraubt worden!«, sagte Deborrah.

»Meins ebenfalls«, sagte Cornelia.

»Mir sind sogar drei Brote geklaut worden«, rief Sandra. ›Stimmt doch, was ich sage‹, dachte sie.

»So geht das nicht. Keiner verlässt den Betrieb, bevor sich der Dieb nicht bei mir gemeldet hat«, rief der Chef, bevor er in seinem Büro verschwand und die Tür zuknallte.

Er setzte sich an seinen Tisch und nahm eine Salmiakpastille. ›Dann muss sie halt länger bleiben, die diebische Elster, eine von den Damen wird es ja gewesen sein.‹

Er schaute auf die Uhr. Es war halb zwölf. Er beschloss, sich vom Imbiss nebenan ein Brot mit Putenbrust zu holen.

Am Nachmittag gab er Sandra den Auftrag, ihm die Anfragen von der Firma Kolisch aus dem letzten Jahr herauszusuchen. Sandra klickte auf ihrem Bildschirm den entsprechenden Ordner an. »Wird erledigt, Herr Meissner. Sagen Sie, müssen wir wirklich alle länger bleiben? Sie können doch nicht Unschuldige festhalten.«
Und Cornelia, die in der Nähe hinter einer halbhohen Trennwand saß, unterstützte Sandras Worte mit beifälligem Nicken.
Herr Meissner seufzte nur und verzog sich in sein Büro.
Als gegen sechs noch immer keine der Damen die Tat gestanden hatte, begann Herr Meissner zu zweifeln. Ob es nicht doch ein anderer gewesen war? Vielleicht eine der Honorarkräfte. Die waren oft in der Küche, um sich Tee oder Kaffee zu holen.
Deborrah streckte ihren Kopf durch den Türspalt. »Herr Meissner, glauben Sie wirklich, dass es jemand von uns war?«
Sie trat ein und lehnte sich an die Tür. Meissner musterte sie. Sie sah heute wieder hinreißend aus in ihrem weiß-roten Kleid. Und dann ihr Parfüm, einfach toll. Er zuckte die Schultern und schaute verkniffen zur Seite. Deborrah verschwand. Jetzt kam ihm seine Vermutung auch unwahrscheinlich vor. Wer aber war es dann? Halt, konnte es nicht der Hausmeister gewesen sein? Aber natürlich. Der mit seinem Hamstergesicht, dem traute er das ohne weiteres zu, außerdem war das ein fauler Hund. So oft krank. Und wenn bei ihnen im Hause was gefeiert wurde, dann fraß er das halbe Buffet leer. ›Dem werde ich was husten‹, dachte Meissner. Er nahm den Telefonhörer und beorderte Herrn Grützke zu sich. Seinen Damen erlaubte er zu gehen.
»Endlich«, rief Sandra und rieb sich ihren verspannten Nacken. »Uns wegen der Brote festzuhalten, ist ja wohl lächerlich.«
»Aber ich würde nur zu gern wissen, wer mein Brot geklaut hat«, sagte Cornelia und zog sich ihren Mantel an.
»Also, ich mache mir keine Gedanken. Das passiert einmal und nie wieder«, meinte Deborrah. Sie trug ihren Kaffeebecher in die Küche.
Bevor sie das Büro verließen, kam der Hausmeister zur Tür herein und ging ins Büro vom Chef. Dann hörten sie Meissners laute Stimme. »Herr Grützke, was fällt Ihnen ein, sich die Brote aus dem Kühlschrank zu klauen? Haben Sie zu Hause nichts zu essen?«
Sandra wurde rot, Deborrah hielt sich die Hand vor den Mund, und

Cornelias Augen begannen zu glänzen. Sie hörten den Hausmeister etwas stammeln. Der arme Kerl. Sie wussten, dass er Schiss vor Meissner hatte. Wie oft hatte ihm der Chef mit Entlassung gedroht. Nur weil Grützke mehrmals im Jahr krank war.

Als der Gescholtene mit hängendem Kopf herauskam, stürzte Cornelia zu ihm, nahm seinen Arm und flüsterte:»Seien Sie nicht traurig, Herr Grützke, ich werde morgen beim Chef ein gutes Wort für Sie einlegen.«

Der Hausmeister setzte sich auf einen der Stühle im Foyer. Er hatte ein aufgedunsenes Gesicht und roch nach Tabak. An manchen Tagen roch er auch nach Bier. Sandra trat hinzu und legte ihm die Hand auf die Schulter.

»Der Chef hat heute einfach schlechte Laune, Herr Grützke. Und da braucht er einen Blitzableiter. Wir reden ihm gut zu. Lassen Sie nicht den Kopf hängen.«

Und Deborrah nickte dem Hausmeister wohlwollend zu:»Es war ein Missverständnis. Es kann sehr gut jemand anderer gewesen sein, der das Brot vom Chef gegessen hat. Aber Sie wissen ja, wie der Chef ist. Impulsiv, cholerisch, ungerecht. Ich werde morgen mit ihm reden. Sie brauchen keine Angst um Ihre Stelle zu haben.«

Als Herr Grützke wieder in seinem Kabuff saß, einem dunklen Raum voller Werkzeuge und Instrumente, zündete er sich eine Zigarette an und dachte nach. Seltsam, dass die Weiber im Büro auf einmal so nett zu ihm waren. Meist schimpften sie, dass er nie zur Stelle war, wenn man ihn brauchte. Zuerst war er gerührt gewesen, nun aber sagte er sich, da stimmt was nicht. Nervös trommelte er mit den Fingern auf dem Tisch. Nach einer Weile des Brütens hatte er einen Geistesblitz: ›Ah, ich weiß. Die waren's, die haben die Brote geklaut und die Schuld auf mich geschoben.‹

Er ballte seine Rechte zur Faust und donnerte sie auf die Tischplatte. Aber konnte er das beweisen? Nein, er konnte es nicht. Seine Schultern fielen herab, und er beschloss, zu Hause einen Wodka zu trinken. Wenn alle drei Frauen sich für ihn einsetzten, konnte ihm nichts geschehen. Er wusste genau, dass Meissner auf seine drei Mitarbeiterinnen im Büro hörte. Sie brauchten ihm nur zuzulächeln, dann war er weich wie Butter. Und wenn sie über ihn, den Hausmeister, schimpften, bekam er sofort einen Rüffel von Meissner. Wussten die Frauen im Büro überhaupt, welche Macht sie über ihren Chef hatten?

›Ja, die Frauen‹, dachte Grützke und rieb sich das Kinn. Er musste an seine eigene Mutter denken. Bei der hatte sein Vater nichts zu lachen gehabt; er war Mitglied von dreizehn Vereinen und am Abend so gut wie nie zu Hause gewesen.

›Ja, die Frauen‹, dachte Grützke, und zum ersten Mal in seinem Leben bedauerte er, dass er keine Frau war.

Entwicklungssprung

An dem Tag, als Holger erfahren sollte, wie gefährlich die Wahrheit sein kann, saß er im Wohnzimmer auf dem Sofa und sah fern; das Basketball-Endspiel um die deutsche Meisterschaft wurde übertragen. Am Esstisch, keine zwei Meter von ihm entfernt, saß sein Vater mit zwei Männern; mit Karl und Alfred, Freunde und Arbeitskollegen vom Vater, sie spielten Karten. Der Vater hatte früher auch Basketball gespielt, er war Holgers erster Trainer gewesen. Holger berichtete ihm vom Verlauf des Spiels. Als er sich zu Beginn der zweiten Hälfte umdrehte und dem Vater mitteilen wollte, dass Appeltauer wieder einen Korb geworfen hatte, sah er, dass Karl mogelte, indem er eine Karte aus dem Ärmel seines weißblau gestreiften Baumwollhemds zog. Keiner von den beiden anderen schien es bemerkt zu haben.

Holger sprang auf und rief: »He, hier wird ja geschummelt.«

Alle drei blickten auf. Karl lief rot an und rief: »Du spinnst ja.«

»Gar nicht wahr. Aus dem Ärmel hast du eine Karte gezogen«, rief Holger.

Die Männer guckten sich an. Der Vater sprang auf. »Karl, sag mal, stimmt das?«

»I wo. Dein Sohn hat sie nicht alle. Hat zu viel ferngeschaut.«

»Jetzt versteh ich, warum du so oft gewinnst. Lass dir mal in den Ärmel schauen«, rief Alfred und erhob sich. Seine auffallend großen Ohren waren rot geworden.

Karl warf sein Blatt auf den Tisch und verschränkte die Arme vor der Brust. »Glaubt ihr dem Jungen etwa? Der redet doch Schwachsinn. Ich hab nicht geschummelt.«

»Wenn du das nicht getan hast, dann kannst du doch deinen Ärmel öffnen.«

»Hier, bitte!« Er hielt ihnen den Ärmel hin. Keine Karte zu sehen. Der Vater blickte fragend zu seinem Sohn.

»Papa, ich lüge nicht«, rief Holger.

»Entweder ihr glaubt mir oder ich gehe«, sagte Karl und stand auf. Er war ein kräftig gebauter Mann mit gut sichtbarer Wampe.

»Die sechzig Mark, die du gewonnen hast, lässt du aber hier«, rief Alfred.

»Die nehm ich mit. Die sind ehrlich gewonnen. Ihr seid ja nur neidisch.«

Alfred legte Karl seine Hand auf die Schulter. »Du rückst jetzt das Geld raus.«

Karl schüttelte die Hand ab. Der Vater, der Kleinste von den dreien, trat an Karl heran, drückte ihm den Zeigefinger auf die Wampe und sagte: »Du wirst uns jetzt sagen, was wirklich los war. Mein Junge lügt nicht.«

»Gar nichts werde ich«, sagte Karl und stieß den Vater mit der flachen Hand zurück. Nun stürzte sich Alfred auf Karl, und es begann eine Schlägerei. Holger sprang auf und wollte die Mutter rufen, die mit Elfriede und Gisela, den Ehefrauen von Karl und Alfred, in der Küche hockte. Sie war schon im Anmarsch.

»Was ist denn da los. Seid ihr verrückt geworden?«, rief sie und eilte zu den Männern. Die beiden anderen Frauen kamen ihr nach und blieben wie gelähmt im Türrahmen stehen.

Es krachte und klirrte mehrmals. Wenige Augenblicke später wankte Karl aus dem Wohnzimmer, er blutete aus der Nase. Mit dem Handrücken wischte er sich das Blut weg und machte Gisela ein Zeichen, dass sie gehen sollten. Die beiden verließen die Wohnung, ohne ein Wort zu verlieren. Elfriede und die Mutter schauten nach Vater und Alfred. Beide Männer saßen am Tisch, Vater hatte ein blaues Auge und Alfred hatte eine Verletzung am Ohr. Offenbar war er gebissen worden, er musste sofort ins Krankenhaus. Eilig verabschiedeten sich Elfriede und Alfred. Als Mutter sich im Zimmer umblickte, riss sie den Mund auf und wollte schreien. Stattdessen presste sie sich die Hände ans Gesicht. Das Glas der Vitrine war zerschlagen, das Kassettendeck der Stereoanlage vom Regal gefallen, eine Vase und mehrere Gläser lagen in Scherben auf dem Parkett. Mutter begann zu weinen, der Vater holte sich ein nasses Tuch aus dem Bad und drückte es sich ans Auge. Über den Bildschirm huschten Bilder des Basketball-Endspiels. Holger schaltete den Fernseher aus.

»Wie konnte das nur passieren? Ihr habt doch sonst nie gestritten«, sagte Mutter.

»Frag ihn.« Der Vater ließ sich in den Sessel fallen und deutete auf Holger.

Holger erzählte, was er gesehen hatte. Die Mutter faltete die Hände und hob sie in die Höhe. »Bist du wahnsinnig? Wie kannst du die Wahrheit so herausposaunen?«

»Soll ich denn zusehen, wie Karl schummelt?«

»Jedenfalls hat uns das nur Scherereien gebracht«, sagte der Vater. »Ein großer Schaden. Wir werden dir das Taschengeld kürzen.«

Mit hängendem Kopf begab sich Holger in sein Zimmer und warf sich aufs Bett. ›Hätte ich bloß den Mund gehalten‹, dachte er. ›Die wären von selbst drauf gekommen, dass Karl schummelt.‹

Wütend drückte er sein Gesicht ins Kissen und rief: »Verdammt!«

Auf diese Weise lernte Holger, den Mund zu halten. Dies nennt man einen Schritt zur Reife.

Erziehung

Nico hatte Schokolade im Supermarkt gestohlen und sich erwischen lassen. Ich musste ihn vom Polizeirevier abholen. Auf dem Nachhauseweg schwiegen wir. Für mich stand fest, Nico musste bestraft werden. Doch wie bestraft man ein neunjähriges Kind? Seit einem Jahr bin ich Hausmann, meine Frau Helene geht arbeiten, sie ist Abteilungsleiterin bei einer Schweizer Versicherung. Die ersten acht Jahre hatte sie sich um das Kind gekümmert. Als ich Helene am Abend fragte, wie ich den Jungen bestrafen sollte, zuckte sie mit den Schultern.

»Das musst du selber herausfinden. Ich musste das auch.«

Seitdem sie das Geld verdient und ich Hausmann bin, hat sie eine tiefere Stimme, und manchmal, wenn ich das Essen auftrage, gibt sie mir als Dankeschön einen zärtlichen Klaps auf den Po, so, wie ich es früher bei ihr machte, wenn ich nach Hause kam.

Da sie mir bei der Erziehung von Nico nicht helfen wollte, bat ich Freunde und Bekannte um Rat. Mein Nachbar Florian, der selber Kinder hat, sagte: »Das Lieblingsessen mit Cayennepfeffer würzen.« Und mein Freund Andi meinte: »Den Harry Potter rückwärts lesen lassen, bis der Junge Kopfschmerzen bekommt.« Auch die Schwiegermutter fragte ich. Sie sagte: »Hau dem Jungen mit einer holländischen Salatgurke auf den Kopf.«

»Wie bitte?«

»Ja, so haben wir das mit unseren Kindern damals gemacht. Hat dir Helene nie davon erzählt?«

»Nein, hat sie nicht.«

»Na ja, sie selber war ja brav, aber ihr Bruder hat so manche Schläge eingesteckt.«

»Muss es denn eine holländische Gurke sein?«, fragte ich.

»Früher hatten wir die reichsdeutschen, die waren gut, dann hatten wir die Nachkriegsgurken, aber die holländischen sollen einen größeren pädagogischen Effekt haben.«

Das konnte ich nicht nachvollziehen, hütete mich jedoch, der Schwiegermutter zu widersprechen. Das wäre wohl so, als würde man mit einem Kaktus einen Ringkampf machen.

Da ich mich nicht entscheiden konnte, stellte ich Nico vor die

Wahl: Spaghetti mit Cayennepfeffer, Harry Potter rückwärts lesen oder holländische Gurke.

Nico überlegte. Die Arme in die Seiten gestemmt, schaute er zu Boden. Dann sagte er: »Lass mich doch barfuß ins Bett gehen.«
»Barfuß ins Bett gehen, das soll eine Strafe sein?«
»Ja, Mama hat es mir früher immer verboten. Und wenn ich es doch tat, schlief ich schlecht und hatte schlimme Träume.«
»Stimmt das? Lügst du mich auch nicht an?«
Nico warf den Kopf zur Seite. »Papa!«
»Also gut. Die ganze nächste Woche gehst du barfuß zu Bett.«
»Eine ganze Woche? Du bist gemein, Papa.«
»Und was bist du? Schokoladenräuber. Machst dir die ganze Zukunft kaputt. Es bleibt dabei, eine Woche barfuß zu Bett.«

Nico seufzte, ließ den Kopf hängen und trottete in sein Zimmer.

Und ich begann voller Zufriedenheit die Fenster zu putzen. So schwer es manchmal auch ist, Kinder zu erziehen, so befriedigend ist es, wenn man kreative und zugleich effektive Lösungen findet.

Eheglück

Der Mechaniker Paul Kranz sah ziemlich zerbeult aus. Kein Wunder, seine Frau Veronika schlug ihn tagtäglich mit einem kleinen Hammer, den sie eingeklemmt zwischen ihren Brüsten trug. Jeden Tag bekam er drei Schläge, auf den Kopf, auf den Rücken, auf die Brust. Damit er nicht übermütig werde, sagte Veronika. Bei jedem Schlag grunzte er zufrieden. Auch ihre drei Kinder schlug sie gelegentlich, aber diese nur mit einer Fliegenklatsche, die in der Küche an der Wand hing. Angeblich sollte es die Immunkräfte stärken.
Eines Tages herrschte Föhn und Veronika hatte Kopfschmerzen. Prompt vergaß sie Paul zu schlagen, bevor er zur Arbeit ging. Paul war Automechaniker. Ohne Schläge fühlte er sich den ganzen Tag unwohl. Es war so ein ähnliches Gefühl, wie wenn man unter Verstopfung litt.

»Was ist denn los mit dir?«, fragte ihn sein Kollege Frank im Umkleideraum.

»Mir fehlt der Hammer. Hau mir doch bitte kräftig auf den Kopf, auf die Brust und auf den Rücken.«

»Ich bin doch nicht blöd! Dann wollen die anderen das auch. Renn lieber gegen die Wand!«

»Gute Idee«, sagte Paul. Er nahm Anlauf und lief mit gesenktem Kopf gegen die Wand, hinter der sich das Büro befand. Es krachte. Er hatte nicht bedacht, dass die Wand zum Büro aus Pappe bestand. Yvonne, die Buchhalterin der Autowerkstatt, goss gerade die Yucca-Palme, als Pauls Kopf durch die Wand schlug und mitten in ihre Brust fuhr. Yvonne kreischte auf und prallte zurück. Zuerst meinte sie ein Gespenst zu sehen, doch dann erkannte sie Pauls Gesicht, das an der Stirn blutete. Sofort rannte sie zu Herrn Paul Obermeier, ihrem Chef.

»Sie w ... we ... werdens ni ... nicht glauben, Herr Obermeier, d ... der Paul ...«, rief sie, unfähig, den Satz zu beenden.

»Was ist los? Sprechen Sie deutlicher«, brummte der Chef.

»Paul, d ... d ... direkt in meine Brust rein.«

Der Chef, der mit Vornamen ebenfalls Paul hieß und Yvonnes

mächtigen Busen schon immer voller Begehren angestarrt hatte, begriff zuerst nicht, was sie von ihm wollte, dann aber begann er zu strahlen. Er zog Yvonne zu sich heran und presste sein Gesicht mit einem Seufzer an ihren Busen. Yvonne kreischte erneut auf und verlor das Bewusstsein. Obermeier konnte sie gerade noch auffangen. Er trug sie zur schwarzen Ledercouch, auf der er seinen Mittagsschlaf zu machen pflegte. Vor ihr kniend, küsste er ihr die Hände, die Schultern, den Hals.

Paul hatte sich inzwischen von seinem Kollegen Frank ein Pflaster auf die Wunde an der Stirn kleben lassen, und dann machten sie sich Gedanken, wie sie das Loch in der Wand wieder schließen könnten. Frank hatte die Idee, auf beiden Seiten ein Poster über das Loch zu hängen. Paul war einverstanden. Sie nahmen kurzerhand zwei Bilder von den Wänden der Werkstatt und hängten sie um. Im Büro sah man jetzt einen Panzer, der vor einem Trümmerhaufen stand, daneben zwei Bäuerinnen mit bunten Röcken und Kopftüchern, die eine hielt Brot in der Hand, die andere eine Schale mit Gemüse. Auf der anderen Seite der Wand, im Umkleideraum, zeigte das Poster zwei Boxer, einen Weißen und einen Schwarzen. Dieser schlug mit wütendem Ausdruck auf seinen Gegner ein, der Geschlagene kniff die Augen zusammen, während ihm der Zahnschutz aus dem Mund flog. Vergnügt machten sich Paul und Frank an die Arbeit.

Veronika ging es besser, seit sie am frühen Abend ein Weißbier getrunken hatte. Sie stand am Herd, als Paul von der Arbeit nach Hause kam.
»Warum hast du mich heute nicht geschlagen?«, fragte er sie.
»Ich habe mich so mies gefühlt, dass ich nicht anders konnte und gegen die Wand gerannt bin.«
»Tut mir Leid, ich hatte Kopfschmerzen. Bei Föhn bin ich nicht immer gut drauf. Das weißt du doch.«
Da nahm er sie in den Schwitzkasten und sagte: »Du musst dich halt mehr zusammenreißen.«
Sie begann zu weinen. »Bin auch nur ein Mensch. Nun lass mich los. Du kannst deine Schläge jetzt haben, wenn du willst.«
Paul war einverstanden. Als er sie losließ, nahm sie den Hammer aus der Halterung zwischen ihren Brüsten und schlug ihrem Gatten je einmal auf den Kopf, auf den Rücken und auf die Brust. Er grunzte vor Behagen.

»Wah! Das war gut!«, sagte er. »Jetzt gehts mir besser. Wo sind die Kinder? Die könnten auch eine Tracht Prügel gebrauchen.«
»Sie sind beim Sport. Sie müssen jeden Moment kommen.«
»Na gut, dann raufe ich mit Kalle, bis sie da sind.«
Er ging durch die Wohnung und rief den Hund. Veronika begann den Tisch zu decken. Sie musste lächeln, als sie hörte, wie die beiden im Wohnzimmer rauften. Paul war wieder gut gelaunt, voller Übermut gab er Kalle eine Ohrfeige. Der Hund kam jaulend zu ihr gelaufen.
»Hör auf zu jaulen«, sagte sie. »Sei froh, dass deine Immunkräfte gestärkt werden.«
Kalle lief aus der Küche, als Paul ihn rief. Dankbar und zufrieden streichelte Veronika den Hammer zwischen ihren Brüsten. Seit sie Paul damit traktierte, hatten sie ein viel besseres Verhältnis zueinander.

Cool

Michaela hatte es ihm gezeigt. Sie ritzte sich alle zwei Tage mit einer Glasscherbe die Haut am Unterarm auf. Oliver tat es ihr nach und fand es cool zu erleben, wie Blut aus der Wunde trat. Seitdem ritzte er sich zweimal die Woche den Unterarm auf, meist nach der Schule, aber anders als Michaela machte er es mit einem Nagel und ließ ihn eine Weile stecken. Der Schmerz tat ihm gut. In den Spiegel schauend stellte er fest, dass es cool aussah, so ein Nagel im Fleisch.

Eines Tages ritzte er sich die Haut schon am frühen Morgen auf und ging mit dem Nagel im linken Unterarm zur Schule. Cool, sagten seine Klassenkameraden. Frau Bulthahn aber kreischte: »Wie siehst du denn aus, Oliver? Wisch dir das Blut ab. Hast du vergessen, dass wir heute einen Aufsatz schreiben? Es genügt, wenn ich rote Tinte benutze.«

Oliver rannte auf die Toilette und wusch sich mit Wasser das Blut weg. Jetzt sah er nicht mehr so cool aus. Das fanden die Klassenkameraden auch.

Das Thema des Aufsatzes lautete: »Ein erhebender Moment in meinem Leben«. Oliver starrte auf das Papier und überlegte nur kurz. Als er zu schreiben ansetzte, begann der Arm wieder zu bluten. Oliver achtete darauf, dass das Papier sauber blieb. Da er Rechtshänder war, brauchte er seinen linken Arm nur wegzuhalten. Damit das Blut aber nicht auf den Tisch tropfte, legte er sich ein Taschentuch darunter.

Er schrieb: »Es ist erhebend, sich Nägel in den Körper zu drücken. Es genügt ein Nagel, um die Welt ins Wanken zu bringen. Man sieht alles aus einer gewissen Höhe, so als habe man Luftpolster unter den Füßen. Kein Wunder, dass Jesus auferstehen musste, denn er hatte ja mehrere Nägel im Leib. Jesus war cool. Erhebende Momente können auch bedeuten, dass … ich habe vergessen, was ich schreiben wollte. Ach ja, dass man anfängt zu vergessen. Und dass die Welt Flecken bekommt, gelbe, grüne, rote. Das ist einfach witzig. Und genau das erlebe ich gerade beim Schreiben, mein Aufsatz ist so grün … so rot … so schwarz …«

Anekdote aus dem Leben Mozarts

Es ist bekannt, dass Mozart nicht still sitzen konnte, dass er gern über Tische, Stühle und Sessel sprang; das war ihm lieber, als auf den Gesellschaften und Kaffeekränzen dumm herumzusitzen. Einmal riss er bei einem Sprung über den Tisch eine bunte Porzellankanne herunter, die von allen bewundert worden war. Sie zerbrach. Die Gastgeberin, Frau Baronin von der Stolz, eine mächtige Frau mit einer Mordsbrust und aufgetakelter Frisur, schrie auf und klagte, das sei ihre schönste Kanne gewesen, ein unersetzliches Stück. Mozart war geknickt. Aber er setzte sich hin und schrieb in 19 Minuten und 35 Sekunden eine Lamentatio über die zerbrochene Kanne für Klavier zu zwei Händen, ein 16-taktiges Stück mit drei ebenso langen Variationen, und schenkte es der Baronin, die immer noch Tränen vergoss. Sie zerriss das Notenpapier und spuckte auf die Fetzen. Dann drohte sie Mozart, sie werde ihre Hunde auf ihn hetzen. Oder ihm Schläge auf den nackten Hintern verabreichen. Mozarts Gesicht hellte sich auf. Er zog seine Hose herunter und hielt der Baronin vor allen Gästen sein nacktes Gesäß hin. Die aber hetzte ihre Hunde auf ihn. Oh weh. Armer Mozart!

Es war einmal ...

Es war einmal ein Baum, der steckte seinen Kopf in den Sand. Es war einmal ein Himmel, der griff sich an die Kehle. Ein Garten, der sich sehnte, einen anderen zu treffen. Ein Klavier, das wollte tauchen im Roten Meer. Es war einmal eine Kaffeekanne, die sich einen Koitus wünschte. Ein Dichter, der nicht dicht war und durchs Hosenbein pinkelte. Ein Pinscher, der sich fragte, warum er Pinscher heiße, wo er doch gar nicht pinschen konnte. Es war einmal eine Rose von göttlichem Duft, die glaubte nicht an Gott. Eine Nixe, die hatte keine Scham. Es war mal eine Bank, die krachte unter ihrem Gewicht zusammen. Es war einmal ein Mann namens Hugo, der glaubte, dass er, wenn die Zeit rückwärts liefe, trotzdem älter würde und Hugo hieße. Es war einmal eine Katze, die wollte Buddha werden, obwohl sie es schon war. Ein Schachspieler, der davon träumte, mit einem Rössel die Dame zu vergewaltigen. Ein König, der Krebs hatte statt Krone. Es war einmal ein Kranker, der glaubte, jeden Tag würden auf dem Flughafen Gesundheiten landen und starten. Es war einmal eine Biene, die fleißte herum, dass es gleißte. Ein Mädchen, das mit einem Messer auf den Schänder wartete.

Lauter angefangene Märchen, denen die Spucke wegbleibt.

Ohnmacht

Ein Hund streckte einmal seinen Kopf aus dem Wasser. Eine Hand, die gerade in der Nähe war, gab ihm eine prachtvolle Ohrfeige. Der Hund, der sich mit Mühe über Wasser halten konnte, ging japsend unter. Einen Augenblick später tauchte sein Kopf wieder auf. Die Hand, die nur darauf gelauert hatte, fuhr auf ihn herab. Diesmal wehrte sich der Hund, doch schnappte er ins Leere. Die Hand, die ihm blitzschnell ausgewichen war, machte kehrt und traf ihn mit ihrem Rücken, hart und lustvoll. Mit einem Jaulen versank der Kopf in den Fluten. Die Hand nahm eine Habachtstellung ein. Würde der Kopf es noch einmal wagen aufzutauchen? In der Tat – er wagte es. Aber nur mit der Schnauze. Was machte die Hand jetzt? Sie tauchte selbst in die Fluten und hob den Kopf des erschöpften Hundes in die Höhe. Der winselte. Dann nahm sie Schwung und gab dem Tier erneut einen Schlag. Das aber wehrte sich mit letzter Kraft und grub seine Zähne ins weiche Fleisch der Hand, zwischen Daumen und Zeigefinger. Danach aber verschwand das Tier mit einem Gurgeln im Wasser. Die blutende Hand schüttelte sich vor Wut, senkte sich über der Stelle, wo das Wasser Kreise zog. Wartete, lauerte. Doch nichts geschah, der Hund blieb weg. Nur das Blut tropfte. Die Hand hob die Finger, machte eine Geste, als würde sie fragen, warum es nicht weitergehe. Da kein Hundekopf erschien, sank sie hernieder, trauervoll. Eine Weile schwebte sie über der Wasseroberfläche, ließ sich die Fingerspitzen benetzen.

Am Ende versank sie im Wasser und ward nicht mehr gesehen.

Hochhaus-Tragödie

An einem Donnerstag im August, gegen 18 Uhr, ertönte eine Explosion im Münchner Süden, und das hässlichste Hochhaus der Stadt stieg auf wie eine Rakete und entfernte sich mit einem Feuerschweif von der Erde. Man nimmt an, Gegner dieses vor wenigen Jahren errichteten Bauwerks – es hatte zwanzig Stockwerke und verdeckte einer ganzen Wohnsiedlung die Sicht auf die Alpen – rächten sich auf diese Weise dafür, dass ihre Proteste vor Baubeginn kein Gehör gefunden hatten. Zum Glück befand sich dort kein anderes Gebäude im Umkreis von mehreren hundert Metern, und so kam in der Umgebung, wenn man von den zerbrochenen Fensterscheiben absah, nichts und niemand zu Schaden. Alle Bewohner des Hochhauses waren 48 Stunden zuvor durch ein vor jede Wohnungstür gelegtes Flugblatt gewarnt worden. Indes wurden sieben Personen vermisst, von denen fünf in diesem Haus gelebt hatten, ein Ingenieur und ein Ehepaar aus dem 17. und 18. Stock sowie eine Frau mit Kind aus dem zwölften Stock.

1.

Katrin stand im Bad vor dem Spiegel und besprühte sich mit Parfüm. Auf einmal ruckelte es so komisch, das Fenster scheppterte und einige Shampoo- und Badesalzbehälter auf dem Abstellbrett über der Wanne fielen um. Was war das? Der Boden schien zu schwanken. Oder täuschte sie sich? Hatte sie vielleicht zu viel getrunken? Sie musste sich am Waschbecken festhalten. Vor einer Stunde noch hatte sie mit Georg im Biergarten gesessen. Das taten sie hin und wieder nach der Arbeit. Und wie schon so oft hatte er sie zu sich nach Hause eingeladen. Bisher hatte sie stets abgelehnt; Sie mochte ihren Arbeitskollegen, doch sie kannte ihn noch nicht gut genug. Heute aber hatte sie sich einen Ruck gegeben und eingewilligt. Georg war so lieb gewesen, hatte ihr Bier und Brotzeit bezahlt. Sie wusste, dass er sie nicht nur verehrte, sondern auch begehrte. Warum also nicht? Sie überprüfte, ob ihr Kleid gut saß und verließ das Bad. Im Wohnzimmer trat sie ans Fenster und erblickte die Stadt von oben. Wow, das sah ja toll aus. Da, dieser

grüne Streifen – war das nicht der Englische Garten, wo sie soeben noch gesessen hatten?
Katrin rief: »Wieso siebzehnter Stock, Georg? Das sieht ja aus wie siebzigster Stock, wenn man aus dem Fenster schaut. Da unten ist der Englische Garten. Ganz klein.«
»Also wenn du nach einer Maß Bier schon so einen Quatsch redest, dann frag ich mich, wie du redest, wenn du zwei Maß getrunken hast«, rief Georg aus dem Schlafzimmer.
Sie zuckte die Schultern. »Wenn ich zwei Maß trinken würde ...«
»Was dann? Müsste ich dich dann über die Schulter nehmen und nach Hause tragen? Jetzt zieh dich schon aus und leg dich zu mir, Süße. Ich lieg gern über dem Englischen Garten.«
Katrin legte ihre Kleider ab und kroch mit einem Lächeln zu Georg ins Bett.

2.

»Komisch, was hat denn da so merkwürdig gerumst?«, fragte Clemens, wobei er seinen Kopf durch einen Türspalt in die Küche streckte. »Hast du's auch gehört?«
Waltraud blickte verwundert auf. Was sollte da gewesen sein?
»Vielleicht die Müllabfuhr? Die ist immer so laut.«
»Ach so«, sagte Clemens und schloss die Tür.
›Die Müllabfuhr? Um diese Zeit?‹, dachte Waltraud, während sie die Schürze ablegte. Vor zehn Minuten hatte sie den Ofen ausgeschaltet, der Auflauf war fertig. Jetzt musste sie nur noch ein wenig aufräumen, dann konnten sie essen. Hoppla, der Boden war ja schief! Das kam sicher vom Sekt, den sie gerade mit ihrem Chef Clemens Faber getrunken hatte. Sie hatten auf das Du angestoßen. Endlich war er bei ihr. Ein halbes Jahr hatte sie ihm von ihrem Hirseauflauf vorgeschwärmt. Clemens war Feinschmecker, der würde nicht widerstehen können, das wusste sie. Letzte Woche hatte er ihre Einladung angenommen.
»Das bleibt aber unter uns«, hatte er mit einem Augenzwinkern hinzugefügt. Clemens wollte nicht, dass im Büro darüber getuschelt wurde. Er war mit seinen vierzig Jahren noch Junggeselle, einer, um den sich mehrere Kolleginnen von Waltraud rissen.
Als sie ins Wohnzimmer kam, standen Clemens und ihr achtjäh-

riger Sohn Fritz am Fenster. Clemens deutete hinaus. »Und dort, diese großen Seen unterhalb von München, das sind der Starnberger See und der Ammersee.«

Was redete Clemens da, war er schon betrunken?

»Oh, da sind ja die Berge«, rief Fritz.

»Welche Berge?«, fragte Waltraud.

Clemens deutete mit einer Kopfbewegung aus dem Fenster. »Sag mal, Waltraud«, rief er, »gehört das zum Haus? Das ist ja eindrucksvoll. Ich meine den Ausblick auf diese Kinoleinwand.«

Sie trat zu ihm ans Fenster. Eigenartig, der Boden war immer noch schief. Sie musste sich an Clemens festhalten. Vor dem Haus, wo sonst nur Bäume zu sehen waren, erblickte sie eine Landschaft, wie von hoch oben, wie aus einem Flugzeug. Seltsam.

»Du, das mit der Leinwand ist eine tolle Idee. Wie im IMAX-Kino. Da links sehe ich den Bodensee, und da oben rechts liegt Passau. Alles so klar erkennbar. Schau nur, wie groß München im Vergleich zu Regensburg ist. Mann, wenn das so weitergeht, dann sehen wir bald Afrika und Amerika.«

Bei »Afrika« fiel Waltraud der Hirseauflauf ein. Hoffentlich hatte sie ihn richtig gewürzt. Im Geiste rekapitulierte sie, ob sie auch kein Gewürz vergessen hatte. Nein, es war alles in Ordnung. Ach, sie hätte diesen Sekt nicht trinken sollen. Alles schien sich zu drehen. Wo kam nur diese Riesenleinwand her? Warum hatte ihr der Hausmeister nichts gesagt?

»Und wo liegt Würzburg?«, fragte sie beiläufig. Sie selber stammte aus Würzburg.

Clemens wies mit dem Finger darauf. »Da, oberhalb von München, leider ein wenig verdeckt durch Wolken. Siehst du's?«

»O ja«, rief Fritz. »Ich hab's gefunden.«

»Jetzt seh ich's auch«, sagte Waltraud. »Wir können mit dem Krabbensalat beginnen.«

»Fein, ich habe schon Hunger«, sagte Clemens und schlang seine Arme um Waltraud. Im nächsten Moment purzelten sie alle drei zu Boden. Clemens lachte und küsste Waltraud. »Du hast etwas in den Sekt getan, gib's zu!«

Als jedoch das Regal neben ihnen umfiel, sahen sie sich mit weit aufgerissenen Augen an.

3.

Klaus hatte sofort gemerkt, was geschehen war. Er sagte es seiner Frau. »Du, Lisa, sie haben uns in die Luft geschossen. Das ganze Haus.«
»Wie bitte?« Lisa hatte gerade den Tisch abgeräumt. Eine Kanne war dabei heruntergefallen. Sie fegte die Scherben zusammen. »Dann stimmt es also doch. Und ich hab es für einen Scherz gehalten, dass unser Hochhaus in den Weltraum geschossen werden soll.«
Beide schauten aus dem Fenster. »Sie haben's getan. Sie haben's wirklich getan«, murmelte Klaus.
»Wohin fliegen wir überhaupt?«
»Keine Ahnung. Vielleicht auf den Mond.«
Im nächsten Moment fielen die Gläser aus dem Schrank.
»Wie schrecklich.« Lisa begann zu schluchzen. »Am meisten werde ich die Eltern vermissen. Und unsere Tochter.«
»Und ich die Biergärten. Und die Sportsendungen. Ob Schumacher wieder Formel I-Weltmeister wird?«
»Morgen wollte ich mich mit Susanne treffen, eine Ausstellung anschauen.«
Klaus nickte, ging zum Bücherregal und nahm sich einen Brockhaus-Band heraus. »Weißt du was?«, sagte er nach einer Weile. »Auf dem Mond wiegen wir nur noch ein Sechstel von dem, was wir auf der Erde wiegen.«
»Was?«
»Das heißt, du wiegst dann nur noch fünfzehn Kilo und ich zwölf.«
»Nur noch fünfzehn Kilo! Dann bin ich ja untergewichtig«, rief Lisa. »Fünfzehn Kilo wollte ich eigentlich abnehmen.«
»Ich könnte dich tragen. Wie damals nach unserer Trauung.«
»Oh, wie schön, Klaus. Das tust du.« Sie legte Schaufel und Besen beiseite und umarmte ihren Mann. »Wie oft habe ich mir das gewünscht.«
»Lisa, der Mond hat keine Atmosphäre, steht hier, das heißt, wir haben keine Luft zum Atmen.«
Lisa überlegte eine Weile. »Wir müssen ja nicht aus dem Haus gehen«, sagte sie schließlich. »Wir bleiben einfach im Bett liegen.«
Klaus klappte das Buch zu und sah seine Frau mit leuchtenden Augen an.

Esel

Ich nahm ein Steinchen vom Wegrand und warf es gegen ein Fenster im ersten Stock des grauen Hauses, in dem mein Freund Frank wohnte. Nach einer Weile öffnete es sich und Franks Kopf erschien. Seine dunklen Haare waren zerzaust, und im Gesicht hatte er rote Flecken. Offenbar hatte ich ihn geweckt.
»Was ist los?«, fragte er.
»Komm runter. Hast du vergessen? Heute ist Sonntag. Esel spricht.«
»Ach ja, stimmt. Warte, ich komme gleich.«
Sein Kopf verschwand, das Fenster schloss sich.
Es dauerte sieben Minuten, bis Frank in seinen Turnschuhen auf die Straße heraustrat. Er hatte zwei Mohrrüben in der Hand. Ich selber hatte ein ganzes Bündel mitgenommen.
»Bettina kommt nicht mit?«, fragte er, während wir uns in den Strom der Leute einreihten, die zur Predigt wollten.
»Sie ist erkältet. Liegt im Bett.«
Er nickte. Frank war mit vierzig noch Junggeselle. Wir spielten jeden Freitag um fünf Schach miteinander. An manchen Sonntagen luden Bettina und ich ihn zum Abendessen ein.
Mehrere Hundert Menschen hatten sich schon am Fuße des Berges versammelt. Was heißt Berg. Ein sandiger Hügel war es, auf dem im Winter die Kinder rodelten. Esel musste jeden Moment erscheinen. Viele hatten auf dem Rasen Decken ausgebreitet und es sich darauf bequem gemacht. Manche standen in Gruppen zusammen und plauderten. Andere warfen Mohrrüben in die Höhe, um Esels Kommen zu beschleunigen. Wir folgten ihrem Beispiel. Er kam nie zu einer bestimmten Uhrzeit, meist aber zwischen zehn und elf. Jeden Sonntag hielt Esel uns eine Predigt, in der er uns für die kommende Woche ein Motto verkündete, eine Art Maxime, an die wir uns halten sollten. Was würde er heute verkünden? Da – man sah schon seine Ohren. Das bedeutete für uns, Ruhe zu geben, mit dem Schwatzen aufzuhören. Dann, als es still war, trat er vor. Groß war er, mächtig, grau das Fell, weiß umrandet die Augen, weiß auch sein Maul. Jedes Mal, wenn Esel erschien, bekam ich Gänsehaut, so ergriffen war ich. Gespannt warteten wir

auf seine Losung für die nächste Woche. Letzte Woche hatte es geheißen: »Nehmt Fußbäder!« und vorletzte Woche: »Zahnlücken reinigen!« Esels Vorschläge klingen zuerst dumm, sind aber in Wirklichkeit sehr klug. Im letzten Jahr wollte er, dass wir beim Sprechen bewusster werden und jedem Wort, das wir sprachen, ein »i« anhängten. So sagte ich beispielsweise zu Bettina: »Heuti kommi ichi späti nachi Hausi. Dii Konferenzi gehti bissi elfi.« Und Bettina antwortete: »Ichi habi verstandi.«

Bevor Esel zu reden begann, wackelte er zuerst mit dem linken, dann mit dem rechten Ohr und zuletzt mit beiden. Ein Kunststück, das nur Esel vollbrachte. Dann begann er mit seiner Predigt. Nach einer warmherzigen Begrüßung und einem Rückblick auf die letzte Woche sagte er: »Mein Volk! Mit dem morgigen Tag beginnt die Bilderfastenwoche. Oder anders gesagt, die Woche des Bilderverbots. Schaut keine Bilder an, weder in Zeitschriften noch auf Plakaten, lasst euch nicht fotografieren, denn das führt zu Energieverlust, geht nicht ins Kino, und meidet vor allem den Fernseher! Nur die echten Bilder, in denen ihr gehen könnt, in denen ihr riechen, tasten und schmecken könnt, nur diese sind wahr. Und Wahres wollen wir sieben Tage lang einüben. Also: keine Glotze, keine Zeitungen, sieben Tage Verzicht auf Bilder üben, das hebt den Geist, das belebt den Verstand, das führt euch neue Kräfte zu.« Er schloss seine Rede ab mit einem inbrünstigen Ruf: »Iii-Ahh, Iii-Ahh, Iii-Ah!« Es klang so, als würde man ihn schlagen.

Und zum Zeichen dessen, dass wir verstanden hatten und seinen Rat befolgen wollten, riefen auch wir: »Iii-Ahh, Iii-Ahh, Iii-Ahh!« Die meisten voller Begeisterung, einige wenige eher skeptisch. Doch insgeheim wussten wir: Mit Esel waren wir bisher gut gefahren. Zwar hatte sich manchmal Widerstand geregt, aber Esel schaffte es immer wieder, mit seinen Maximen auch die ihm Widerstrebenden zu überzeugen und auf seine Seite zu bringen. Ich gehörte manchmal zu den Widerstrebenden.

Einmal wurden wir aufgefordert, mit unseren Feinden zu reden, ihnen zuzuhören. Ich war empört. Ich sollte mit unserem Nachbarn Steinbrecht reden, mit diesem Stinkstiefel? Nein, das wollte ich nicht. »Das ist kein guter Rat von Esel«, sagte ich. Aber Bettina drängte mich. »Esel weiß es besser«, sagte sie. »Tu's bitte.« Sie selber wollte mit der Frau Gutzkow reden, die sie nicht ausstehen konnte, weil die so aufgedonnert, grell geschminkt und mit hochhackigen Schuhen herumlief. Also redete ich mit Steinbrecht. Das ist ein komischer Typ, Frührentner, trägt immer eine Baseballmütze, hat kaum Zähne im Mund und interessiert sich nur für Sport. Ich fragte ihn also, wer in der Fußball-Bundesliga Tabellenführer sei. Fussball ist nämlich der einzige Sport, der mich ein wenig interessiert. Und Steinbrecht erzählte es mir. Durch einige solcher Gespräche kamen wir uns allmählich näher. Schließlich setzten wir uns samstags vor die Glotze und schauten uns Fussball an. Das tun wir heute noch, er ist für die Bayern, ich für die Löwen. Von Bettina angesprochen, gesellten sich die Gutzkows zu uns. Herr Gutzkow, der meistens im Trainingsanzug erscheint, muss schlichten, wenn Steinbrecht und ich streiten. Die Gutzkows sind aus Magdeburg, beide Anhänger der Berliner Mannschaft. Wenn eine bayerische Mannschaft gegen Hertha spielt, tun Steinbrecht und ich uns sogar zusammen. »Wir Bayern müssen zusammenhalten«, sagt er. Er ist zwar immer noch ein Stinkstiefel, aber es ist ganz lustig mit ihm.

Und auch Frank hat von Esels Predigt profitiert. Er sprach seinen Nachbarn an, mit dem er seit Jahren verfeindet war. Der schwärmte für Jimi Hendrix und drehte seine Anlage regelmäßig voll auf. »Auch wenn er laut ist, Hendrix ist der Größte«, sagte Frank eines Tages zu ihm. Seitdem dreht der Nachbar nicht mehr so auf.

Ja, denke ich oft, Esel weiß es einfach besser. Ich kann allen Leuten nur raten, mitzukommen und sich Esels Predigten anzuhören. Nur er weiß, wie man richtig leben muss.

Heil dir, Esel – wir brauchen dich! Iii-Ahh, Iii-Ahh, Iii-Ahh!

Unterricht

Lehrer: Gegrüßt seist du, mein Schüler. Setze dich und höre. Sei offen wie eine Badewanne.

Schüler: Heil dir, Lehrer. Ich blicke zu dir auf. Du von Wissen schwer und kundig. Ich dagegen leer wie ein Ballon.

Lehrer: 1. Lektion. In der Nase pulen stört die Konzentration. Besser ist es, Hände und Füße aneinander zu reiben, um den Geist zu wecken.

Schüler: Alles, was du sagst, will ich befolgen. Die Nase lass ich in Frieden. Hände und Füße jedoch wetz ich, bis sie brennen.

Lehrer: 2. Lektion. Mit zwei Fingern gegen die Schläfen drücken. So wird Platz geschaffen im Oberstübchen.

Schüler: Das tue ich, o Lehrer. Deine Ratschläge sind einleuchtender als Nackenschläge der Eltern.

Lehrer: Und zuletzt das Wissen um die Bestrafung: Zehn Schläge aufs nackte Gesäß, wenn die Vokabel nicht sitzt, zehn Schläge, wenn der Stoff falsch aufgefasst, zehn Schläge, wenn du bei der Wiedergabe eines Gedichts stockst.

Schüler: Mein Gesäß ist präpariert, o Lehrer, mein Hirn ein offener Krater. Ich brenne darauf, Wissen aufzunehmen. Schütt es hinein mit Schwung.

Lehrer (*geht ans Fenster und deutet hinaus, wo man Sonne und Mond sieht*): Nun gut. Sprich mir nach und merke – die Erde ist ein wohlschmeckender Lebkuchen, der Mond eine Kugel aus Pfefferminz, die Sonne dagegen brennt zum Schein, besteht aber aus heißem Schleim. Alles Leben kommt aus dem Schleim.

Der Schüler spricht dem Lehrer nach. Der Lehrer streicht dem Schüler über den Kopf und sagt: Brav. *Die Augen des Schülers glänzen vor Glückseligkeit. Beide stellen sich ans Fenster und schauen hinaus auf Lebkuchen, Pfefferminz und heißen Schleim.*

Der Traum

Das Meer rauschte, die Sonne lachte. Ich lag allein mit der schönen Sarah am Strand, eng umschlungen, in einem heißen Kuss vereint. Ihre grünen Augen blitzten fröhlich, forderten mich auf, weiterzumachen. Ich küsste ihre Schultern, strebte hin zu ihrer Brust, die unter einem roten Bikini-Oberteil auf mich wartete, meine Rechte machte Station an ihrem Knie und wollte weiterfahren, als auf einmal ein Klingeln ertönte. Das blaue Meer, der gelbe Sandstrand und die schöne Sarah, die mich fragend anblickte, all das löste sich auf. Als Nächstes sah ich mich in meinem Zimmer auf dem Sofa liegen, auf dem Tisch daneben läutete das Telefon, durchdringend, böswillig. Mir wurde klar, dass es mich um ein allzu schönes Erlebnis gebracht hatte. Mit der flachen Hand schlug ich vor Zorn aufs Sofakissen und wartete grimmig, bis das Klingeln vorüber war. Ich wollte nur eins: zurück in den Traum, zurück zu meiner Geliebten. Endlich verstummte der Apparat. Ich schloss die Augen und versuchte, mich an den Strand, an die Lippen der schönen Sarah zurückzuträumen. Strand und Meer waren leicht herbeizuzaubern, aber von Sarah fehlte jede Spur. Stattdessen hörte ich eine Frauenstimme rufen: »Verehrtes Publikum! Hier können Sie ein Wunder der Natur erleben: eine Nixe, halb Frau, halb Fisch! Kommen Sie, so etwas werden Sie nie wieder im Leben sehen … He, junger Mann, was ist mit Ihnen?«

Ich blickte mich um und sah eine Jahrmarktbude mit einer alten Frau. Außer mir war niemand am Strand … Stöhnend wälzte ich mich auf dem Sofa herum. Ich wollte keine Nixe. Ich wollte meine schöne Sarah, eine Frau von Kopf bis Fuß, im roten Bikini. Noch einmal versuchte ich, sie herbeizuträumen. Diesmal klappte es – zumindest hielt ich ihren Arm, der aus dem Sand herausschaute. Du meine Güte, war sie denn begraben? Ich buddelte, um sie zu retten. Der Blondschopf einer 15-jährigen Göre mit Sommersprossen kam zum Vorschein. Sie sagte mit tiefem Bass: »Hallo Kleiner, lass dich doch auch begraben. Dann sieht dich niemand und du brauchst dich nicht mehr abzustrampeln.«

Oh verflucht! Wo war sie denn, meine Schöne? Ich wollte sie in den Armen halten, sie hatte mich so wunderbar zärtlich geküsst.

Und wieder tauchte ich in den Traum hinab. Diesmal strengte ich mich gewaltig an. Trotzdem, irgendetwas machte ich wieder falsch.

Ich landete zwar am Wasser, aber es war nur ein schmaler Fluss, kaum hundert Meter breit. Braune Fluten trieben eilig vorüber; vom anderen Ufer starrte mir ein tiefgrüner, an manchen Stellen fast schwarzer Tropenwald entgegen. Plötzlich tauchte ein mächtiges Flusspferd aus dem schlammigen Wasser auf und platschte behäbig ans Ufer, genau in meine Richtung; an seinem dunklen Leib lief glitzernd das Wasser herunter. Es setzte sich keine zwei Meter von mir entfernt in den Sand. Sollte das meine Schöne sein? Ich war enttäuscht. Anscheinend hatte ich mich nach Afrika geträumt. Welch Trauerspiel.

Ich wollte den Traum schon verlassen, da rief jemand: »Extrablatt! Extrablatt!«

Ah, ein Zeitungsjunge. Ich kaufte mir ein Exemplar und begann zu lesen. Da war sie – Sarah! Auf der Titelseite. Und daneben – der bekannte Rocksänger Jeremias. Neugierig las ich den Text: »Gestern brachte die Schauspielerin Sarah Lutz ihre Tochter Jennifer zur Welt. Rockstar Jeremias war bei der Geburt dabei. Beide freuen sich über das Kind, auch Jeremias, obwohl er nicht der Vater ist. Auf die Frage, wer der Erzeuger des Kindes sei, antwortete Sarah nur: ›Ich weiß es nicht. Es geschah am Strand. Ein Unbekannter schwängerte mich, während ich schlief. Als ich erwachte, merkte ich es, mein Bikini-Höschen war fort.‹ Nicht sehr glaubwürdig, was Sarah uns da auftischt, aber so ist sie halt. Sie wird mit dem Vater geflirtet haben. Hauptsache, das Kind ist gesund. Wir gratulieren.«

Ich warf die Zeitung in den Fluss. Mit war speiübel. Ausgerechnet mit Jeremias, dessen Stimme wie ein Zementmischer klang, gab sich meine schöne Sarah ab. Jeremias hatte mir Frau und Kind gestohlen, der blöde Hund.

Als ich erwachte, war mir schwer ums Herz. Das hätte ein so schöner Traum werden können. Sollte aber nicht sein. Offenbar lauerte da jemand im Hintergrund, der den Auftrag hatte, glückliche Momente zu vereiteln. Oder lag es bei mir nur an mangelnder Übung, gute Träume zu erschaffen?

Gott und Satan. Drei Dialoge

1. Dialog

Gott und Satan spielen Schach miteinander. Da Gott mit seinen Gedanken woanders weilt, gewinnt – wie fast immer – Satan. Es ist der dritte Sieg hintereinander. Satan zu Gott: »Ich bin eben klüger als du. Wie du es nur fertig gebracht hast, die Welt zu erschaffen, ist mir unbegreiflich.«

Gott kneift die Augen zusammen, zuckt die Schultern und meint: »Tja, ich weiß es selbst nicht. Ich tu's einfach. Vergiss nicht, dass ich auch dich erschaffen habe.«

Satan nickt. Ein Paradox, das er nie verstanden hat. Gottes Unwissen ist ihm ein Gräuel. Es bekümmert ihn, dass er seine Existenz diesem Schwachkopf verdankt. Mit schlaffer Handbewegung vertreibt er eine Fliege, die sich auf seine rote Nase gesetzt hat.

»Und du, bist du von mir etwa nicht abhängig?«, fragt er mit listigem Ausdruck im Gesicht.

Gott steht auf und geht, die Hände auf dem Rücken, hin und her. »Kann schon sein. Tatsache ist, dass es ohne dich unerträglich wäre. Wenn ich keinen Verwalter für die Welt hätte, dann müsste ich mich selber um diese Menschenbrut kümmern. Das wäre mir zu viel. Mit Tieren ist es einfacher, die sind nicht so schwierig. Du hast die Menschen besser im Griff.«

»Klar. Versteh eben was von Psychologie. Weißt du noch, als ich mal längere Zeit weg war – du hast mich vertreten –, das war vielleicht eine Katastrophe! Ach Gott, was hast du da nur für Dummheiten angestellt.«

»Ich hab mein Bestes gegeben. Was kann ich dafür, wenn ich immer so zerstreut bin. Ich bin nun mal eine künstlerisch veranlagte Seele.«

»Die Titanic ging unter, Kriege brachen aus, Völker predigten Hass und metzelten sich nieder. Und du? Hast tatenlos herumgestanden und dir den Bart gezupft.«

»Ja und? Wenn das so höllisch kompliziert ist, diese Welt im Allgemeinen, die Menschheit im Besonderen, ich kann nicht überall sein. Sieh doch ein, dass ich auch Zeit für mich brauche.«

»Schon gut. Sei froh, dass du mich hast. Ich zünde zwar auch gern mal ein Feuer auf Erden, aber bei mir ist alles kontrolliert, ausgewogen. Ohne mich wäre die Welt hinüber.«

Gott macht eine verächtliche Handbewegung. »Ich hätte mir eben eine neue erschaffen. Wäre kein Problem.«

Satan schüttelt den Kopf, schon wieder hat sich eine Fliege auf seine Nase gesetzt. »Ach, bist du dumm. Ein Kind. Aber lassen wir das.«

Gott bleibt stehen. »Jetzt halte aber mal den Mund. Immer musst du mich runterputzen. Es mag ja sein, dass du intelligenter bist als ich. Verstehst sogar die Relativitätstheorie, die ich nie begreifen werde, und wenn man mich schlägt. Aber …«

»Sehr komisch. Du erschaffst die Welt und verstehst nicht mal, was diese Welt im Innersten zusammenhält. Die Relativitätstheorie habe ich unter die Menschen gebracht, damit etwas Schwung in den Laden kommt, in homöopathischen Dosen muss man das Geschehen immer wieder anstoßen.«

»Wie oft soll ich dir sagen, ich bin Künstler. Und ein Künstler versteht oft nicht, was er geschaffen hat. Ein Künstler muss auch eine gewisse … äh, wie heißt das Wort noch mal, ach ja, Ignoranz, er muss eine gewisse Ignoranz und Naivität in sich tragen. Wenn ich so intelligent wäre wie du, dann erschüfe ich nicht mal eine Distel.«

Satan blickt griesgrämig zur Seite. »Ich darf doch mal über deine Dummheit stöhnen, oder?«

»Jetzt hör aber auf«, braust Gott auf. »Du willst mir doch keine Minderwertigkeitskomplexe einflüstern? Abgesehen davon, es gibt auch Dinge, die ich viel besser kann als du.«

»Zum Beispiel?«, fragt Satan gelangweilt und betastet prüfend seine kleinen Hörner über der Stirn.

»Die Luft anhalten!« Gott holt tief Luft und hält sie an, nachdem er auf der Kommode neben der Balkontür eine Sanduhr umgedreht hat.

Satan schaut eine Weile besorgt zu, zwinkert nervös mit den Augen und murmelt: »Oje, oje.« Als er beobachtet, wie sein Herr im Gesicht blau anläuft, da ruft er, eingedenk der Tatsache, dass ohne Gott auch seine Existenz quasi zum Teufel wäre: »Schon gut, Alter, du hast ja Recht, musst mir nicht beweisen, wer der Stärkere ist. Ich weiß es ja.«

Gott japst nach Luft, dann lacht er und schlägt Satan kräftig auf die Schulter. Dieser verschluckt sich und bekommt einen Hustenkrampf.

Sie spielen eine weitere Partie Schach. Gott hat jetzt so viel Auftrieb bekommen, dass er gewinnt, indem er seinem missgelaunten Gegenspieler die Dame klaut. Satan wird feuerrot, schmeißt das Brett um und verlässt den Platz. Er hat Lust, etwas zu zerstören.

Gott schaut ihm verdutzt nach und denkt: ›So ein kluger Kerl und kann keinen kühlen Kopf bewahren.‹

Dann geht er auf den Balkon, stellt sich an die Brüstung und schaut gedankenverloren hinunter auf die Welt.

2. Dialog

Gott steht am Fenster und schaut missmutig auf die Welt. Die Erde verliert ihre Reichtümer, die Natur wird immer ärmer, weil der Mensch sie zerstört. Gott trauert um seine geliebte Anakonda, um das Panzernashorn und um den Paradiesvogel, sie sind vom Aussterben bedroht. Satan klopft an und kommt herein. Augenblicklich erkennt er, dass Gott unzufrieden ist. Er ahnt, dass eine unliebsame Debatte bevorsteht, Gott wird ihm wieder einmal Vorwürfe machen. ›Nicht schon wieder‹, denkt Satan.

Vor Zorn rot im Gesicht, stößt Gott einen unartikulierten Schrei aus, als er Satan erblickt, deutet mit seiner Hand auf die Erde und fragt stotternd: »Ha ... hast du das ange ... gerichtet?« Er stottert immer, wenn er aufgeregt ist.

Satan zuckt mit den Schultern. »Ich weiß nicht, wovon du redest. Drück dich gefälligst klarer aus. Deine Gedanken kann ich nicht lesen.«

»Die T ... Tiere!«, schreit Gott. »M ... Meine Anakonda! Der Pa ... Paradiesv ... vogel! Da sind kaum noch welche. Und wo sind die W ... Wälder geblieben?«

Satan nickt und verzieht das Gesicht, als ob er Schmerzen hätte. Er hat es geahnt. »Ich weiß gar nicht, was du hast. Meine Aufgabe war es stets, Egoismus, Gier, Neid, Hass und dergleichen Gefühle unter den Menschen zu wecken. Das ist nun das Resultat. Ich finde, ich habe meine Sache nicht schlecht gemacht.«

Gott holt tief Luft. »Du Kanaille! Du weißt genau, wer zu meinen Lieblingen gehört. Der Blauwal, der Koala und der Alligator – sie alle verschwinden.«

Satan wird es zu bunt, er kann sich nicht bezähmen und packt Gott am Kragen und schüttelt ihn. »Hast du vergessen, dass ich dorthin geschickt wurde mit dem Auftrag, Geldgier, Profitsucht, Mordlust und dergleichen zu wecken? Sollte der Mensch sich nicht die Erde untertan machen? Nur weil dir langweilig war und du was erleben wolltest. Selber mischst du dich ja nicht mehr ein, bist dir zu fein dazu. Und wenn du's tust, dann geht alles drunter und drüber. Die letzten beiden Weltkriege gehen auf dein Konto. Wenn du ohne Anakonda und Panzernashorn nicht sein kannst, dann erschaff dir gefälligst welche. Damit prahlst du doch immer, dass du alles erschaffen kannst.«

Gott verdreht den Kopf, macht sich mit weinerlicher Miene von Satans kalten Händen frei und sinkt in den Ohrensessel, der vor dem Kamin steht. »Du weißt genau, dass ich prinzipiell nichts zweimal erschaffe, das gehört zu den Regeln dieser Welt.«

Sie schweigen. Satan besieht sich seine Fingernägel und findet, dass er sie wieder einmal schneiden müsste. Dann mustert er seinen Herrn, der immer noch Tränen vergießt.

»Weißt du noch?«, fragt ihn Satan. »Die Inquisition? Die Bartholomäusnacht? Das Abschlachten der Chinesen durch die Japaner? Oder der Armenier durch die Türken? Oder die Niedermetzelung der Indianer, der Indios durch die Europäer? Du standest damals auf diesem Balkon und hast dir vor Aufregung und Spannung das Bart-Ende in den Mund genommen und es gekaut, während ich da unten Schwerstarbeit geleistet habe. Und die Sauerei mit den Weltkriegen, die du da unten angerichtet hattest, musste ich beseitigen, vergiss das nicht! Und als dein Lieblingsvolk gegeißelt wurde, da hast du geweint und mir Vorwürfe gemacht, wie ich so etwas zulassen konnte. Also weißt du! Erstmal alles ins Rollen bringen und mir dann Vorwürfe machen. Bist schon ein Psychopath. Und alles nur, weil du deinen Kick brauchst. Das Paradies war dir ja zu langweilig.«

Gott trocknet sich die Tränen mit den langen Ärmeln seines Kaftans, danach schnäuzt er sich so laut, dass Satan zusammenzuckt.

»Menschen sind eine Sache, die Natur eine andere!«, sagt Gott und stößt einen tiefen Seufzer aus.

»Red keinen Mist. Die Menschen sind auch ein Stück Natur.«

»Unsinn. Du weißt genau – die Natur, so wie sie vor dreieinhalb Millionen Jahren existierte, hätte niemals den Menschen hervor-

gebracht. Ich musste mich einmischen und für einen Sprung in der Evolution sorgen. Der Mensch ist von höherer Natur.«
Satan lacht. »Ach ja, du brauchtest ein exklusives Spielzeug.«
»Der Mensch ist mir gut geraten. Nur dass er so radikal werden würde, habe ich einfach nicht vorausgesehen.«
Satan schüttelt den Kopf. »Allmächtig und allwissend. Wenn dich die Menschen sähen, sie kämen aus dem Schreien nicht heraus. Du bist selbst schuld an allem, du weißt es und grämst dich über die Dinge. Wo ist da die Logik?«
»Hör schon auf mit deiner Logik. Versteh doch endlich, ich bin ein sensibler Charakter.« Gott rümpft die Nase. »Und du stinkst heute wieder so nach Schweiß und Ziegenbock. Fürchterlich. Ich hab dir schon x-mal gesagt, ich ertrage diesen Gestank nicht.«
Er springt auf und verlässt den Raum.
Satan geht raus auf den Balkon, stützt sich mit den Ellbogen auf der Balustrade ab und schaut eine Weile auf den Blauen Planeten. Dann murmelt er: »So eine Heulsuse. Richtet selbst das Unheil an und beklagt sich darüber. Ich war schon immer der Meinung, dass er eine Psychotherapie braucht. Aber auf mich hört er ja nicht.«

3. Dialog

Gott und Satan sitzen am Kamin und trinken Cognac. Beide beobachten, wie die knisternden Holzscheite vom flackernden Feuer verspeist werden.
Nach einer Weile fragt Gott: »Was gibt's Neues auf Erden?«
Amüsiert erzählt ihm Satan, dass sich die Menschen immer noch über die Theodizee den Kopf zerbrechen, also über die Frage: Wie kann Gott gut sein, wenn er Böses geschehen lässt?
Gott stöhnt auf, ihn nerven solche Diskussionen. »Diese Dummköpfe«, murmelt er nur und winkt ab. »Wollen alles mit ihrer albernen Logik begreifen.«
»Ich habe mich mit solch einem Gelehrten unterhalten und ihn gefragt, ob er sich eine Welt ohne Übel vorstellen könne«, erzählt Satan weiter. »Der Mann dachte lange nach und sagte nein. Trotzdem aber sei er böse auf Gott. Er liebe nun mal die Perfektion und könne den Gedanken nicht ertragen, dass Gott unvollkommen sei.«
Gott lacht kurz auf. »Wäre alles perfekt, würde nichts existieren.

Aber wenigstens glaubt er an mich. So viele haben sich von mir abgewandt.«
»Das ist richtig. Sag bloß, das bekümmert dich.« Gott nimmt einen Schluck vom Cognac. »Ach was. Sollen sie doch.«
Satan schüttelt den Kopf. »So ganz ohne Glauben können sie nicht leben. Sie suchen dich woanders, in Sekten zum Beispiel. Der Glaube bildet die vier Wände ihres Geistes. Ohne vier Wände wird der menschliche Geist ruhelos, zieht von Ort zu Ort, sucht nach einem Dach über dem Kopf, nach vier Wänden.«
»Sollen sie doch ohne vier Wände leben, in der freien Landschaft. Von Moment zu Moment.«
»Das hält kein Schwein aus, äh, ich meine, kein Mensch. Dazu hast du sie falsch konstruiert.«
»Nein nein, das war schon richtig so. Glaub mir, ich habe den besseren Durchblick.« Gott lächelt seinem ersten Diener süffisant zu.
Satan nippt gedankenverloren am Cognacglas und wirft den Kopf zurück. »Wie wär's, wenn du dich da unten blicken ließest? In letzter Zeit hast du immer nur mich geschickt, damit ich nach dem Rechten sehe und bei Gelegenheit die Welt-Enden anzünde und Rabatz mache. Das habe ich auch getan. Ich finde, du solltest dich wieder mal zeigen. Ich meine so richtig mit beiden Beinen auf der Erde.«
Gott steht auf, streckt sich und fährt mit den Fingern durch seinen langen weißen Bart, der ihm bis zum Bauchnabel reicht. »Keine Lust. Zu anstrengend. Sie würden mich auslachen, wenn ich wieder als Gottes Sohn, ha, als eigener Sohn käme.«
Satan hat eine Idee. Fasziniert davon, reißt er seine Augen auf und schnippt mit den Fingern. »Setz doch ein Gottesvirus ins Internet.«
Gott ist von dieser Idee ebenfalls angetan. »Im Internet, das wär's, als Strichmännchen in Jesussandalen oder nein, noch besser, als sprechende Sandale: ›Ich aber sage euch: Tut Buße!‹« Er lacht schallend auf, lässt sich in den Sessel fallen, krümmt sich, klatscht sich mehrmals auf die Oberschenkel und rutscht von dort auf den Boden. Tränen kullern ihm über die Wangen, mit beiden Händen hält er sich den Bauch und strampelt mit den Beinen. »Als sprechende Sandale, haha. Zu komisch, zu komisch, haha, ich kann

nicht mehr!«, brüllt er. Sein röhrender Bass kitzelt Satan in den Eingeweiden, im Raum klirrt und poltert es.

»Nun hör schon auf!«, meint Satan nach einer Weile. »So witzig ist das auch wieder nicht.« Manche Angewohnheiten seines Herrn kann er nicht ausstehen. Wenn Gott niest, dann erstens mindestens zehnmal hintereinander und zweitens so genüsslich und laut, dass es geradezu peinlich ist. Oder wenn er gebadet hat, dann trocknet er sich am ganzen Körper ab, nur an den Füßen nicht. Statt sie ebenfalls mit einem Tuch abzureiben, legt er sich rücklings aufs Sofa und strampelt mit den Beinen, um sie in der Luft zu trocknen. Das sei hygienischer, lautet seine Begründung. Satan widert dieses Ritual dermaßen an, dass er die Flucht ergreift, wenn er Gott nackt auf dem Sofa liegen und mit den Beinen strampeln sieht.

Nach geraumer Weile hat Gott sich beruhigt. »Ich habe eine bessere Idee«, meint er. Er richtet sich auf und greift zum Cognacglas. »Vielleicht sollte ich diesmal als Frau erscheinen.«

Augenblicklich verwandelt er sich in eine junge Frau, aufreizend geschminkt und sexy gekleidet. Sie geht vor Satan mit wiegenden Hüften auf und ab.

Satan bläst die Backen auf und fragt sich, warum Gott eigentlich so selten gute Ideen hat. Die junge Frau setzt ihm ihren hübschen Fuß aufs Knie. In der Tat, ein kompaktes wohlgeformtes Bein.

Mit tiefem Bass fragt sie: »Bin ich nicht zum Reinbeißen? Verdammt, meine Stimme. So, jetzt klingt sie richtig.« Die letzten Worte klingen wie die einer jungen Frau mit fröhlicher Stimme.

Satan schnauft und fängt an zu schwitzen. »Lass das, du weißt, ich kann das nicht leiden. Weiberfleisch!« Er verzieht abschätzig den Mund.

»Ach, tut mir Leid. Ich vergesse immer, dass du schwul bist«, sagt die Frau.

»Tja, irgendwann wurde mir das klar. Im Laufe der Zeit erkennt sich jeder, auch ich. Seitdem geht's mir viel besser.«

In der nächsten Sekunde sitzt Gott wieder in alter Gestalt im Sessel. »Wäre doch nicht schlecht als Frau, oder?«

Satan betupft sich das Gesicht mit einem sorgfältig gefalteten Taschentuch. »Na, ich weiß nicht. Wenn als Frau, dann darf sie nicht hübsch sein, sonst wird sie womöglich vergewaltigt.«

»Wenn ich wieder als Jesus käme, dann würdest du dich in mich verlieben. Mich in den Po kneifen, mich ins Bett locken.« Gott lacht wieder so laut, dass es im Raum zu poltern anfängt.

Satan zwirbelt seinen Schnurrbart mit den Fingerspitzen und verdreht die Augen, als wollte er sagen: So eine trübe Tasse. »Wenn die Menschen nur wüssten, was für ein armseliges Männchen sich hinter Gott verbirgt, eins mit eingefallener Brust und Knollennase, auf der die Mitesser wuchern. In deiner wahren Gestalt solltest du dich präsentieren.«

Gott winkt ab. »Meine wahre Gestalt ist Raum- und Zeitlosigkeit, viel zu langweilig. Meine jetzige Gestalt spielt keine Rolle. Ich könnte sogar als röhrender Hirsch erscheinen. Sie würden mich trotzdem anbeten.«

»Besser wäre ein Orang-Utan, das entspräche eher deiner Natur«, sagt Satan mit boshaftem Unterton.

»Du! Werd nicht frech. Ich mach aus dir einen Ameisenbär.«

»Schon gut, schon gut. War ja nur Spaß.«

Gott klatscht in die Hände, und an der Stelle, wo eben noch Satan saß, hockt eine hässliche Kröte, deren Halspartie sich zu blähen beginnt.

»Raus mit dir!«, ruft Gott und weist mit dem Zeigefinger zum offenen Fenster.

Die Kröte quakt beleidigt und hopst hinaus.

Die Hände auf dem Rücken, schreitet Gott im Zimmer auf und ab. ›Dieser Satansbraten‹, denkt er. ›Wie konnte ich nur solch eine Kanaille erschaffen. Er ist mir total missraten. Aber es ist zu spät, ich habe mich an diesen Klugscheißer gewöhnt. Lassen wir's gut sein. Ich hab Hunger. Mal sehen, was der Koch heute auf den Tisch bringt. Wenn's wieder was Vegetarisches ist wie in den letzten Tagen, dann versohle ich ihm den Hintern. Eigenhändig. Zwanzig Schläge auf den nackten Po. Das ist wirklich nicht zu viel. Da sage einer nur, ich sei nicht gerecht.‹

Er trällert die Eingangsmelodie der g-Moll-Sinfonie von Mozart und begibt sich in die Küche.

Der Schriftsteller und der Tod

Beim Schreiben seines großen Romans, an dem er schon seit drei Jahren arbeitete, musste der junge Schriftsteller Humbert plötzlich innehalten. Eine seiner Romanfiguren, ein Künstler, hatte über den Tod reflektiert und etwas gesagt, das ihn, Humbert, nachdenklich stimmte. Humbert bezog das Gesagte auf sich: »Was wäre, wenn der Tod käme und mich holte, bevor ich mein Buch geschrieben hätte?«

Dieser Gedanke war Humbert nicht neu, schließlich hatte er ihn seinem Helden in den Mund gelegt, aber heute, gerade in diesem Moment, als er den Schluss seines Romans konzipierte, war er darüber starr vor Entsetzen. Schwermut befiel den armen Humbert, er versank in Grübelei und ließ den Kopf hängen. Mehrere Minuten saß er reglos da. Dann aber, angesichts der grausamen Tatsache, dass es den Tod gab und dass er, Humbert, irgendwann einmal sterben musste, wallte in ihm eine solche Wut auf, dass er seinen Stift nahm und ihn gegen die Wand schleuderte. Nichts war so widervernünftig wie der Tod. Er wollte nicht sterben, nicht heute, nicht morgen, und in den nächsten Jahren auch nicht.

»Blöder Tod!«, sagte er. »Ich hasse dich. Bleib mir bloß vom Leib, hörst du?«

Das würde der Tod gewiss nicht tun. Der würde eines Tages vor der Tür stehen, ein grinsender Knochenmann mit Sense. Aber Humbert würde sich nicht kampflos ergeben; er stellte sich vor, wie er sich mit Fäusten wehren, wie er dem Tod die Zähne einschlagen würde. Und doch wusste Humbert, das alles würde nichts nützen. Er warf sich aufs Sofa und biss, mit den Beinen strampelnd, ins Kissen. Schon als Kind hatte er jähzornige Anfälle, mit denen er Geschwister und Eltern in Furcht und Schrecken versetzte. Ansonsten war er jedoch ein stiller, friedfertiger Mensch.

Nachdem er sich beruhigt hatte, nahm er seinen Stift und schickte sich an weiterzuschreiben. Doch seine Ruhe war dahin, seine Klarheit getrübt. Er seufzte und sagte sich, dass es am besten sei, einkaufen zu gehen. Karin hatte ihm auf einen Zettel geschrieben, was sie noch brauchten. Außerdem sollte er heute etwas zum Abendessen kochen. Er durfte es nicht vergessen.

Kaum hatte er sich erhoben, als plötzlich die Tür aufging und ein kleines, grauhaariges Weib mit gekrümmtem Rücken sein Arbeitszimmer betrat. Humbert wunderte sich. Wo kam die denn her? Sie trug einen dunkelgrünen, geblümten Rock und eine schwarze Lederjacke mit einem Totenkopfabzeichen am Revers. Um den Kopf hatte sie sich ein rotes Stirnband geschlungen. Ihr bleiches Gesicht war voller Runzeln und Falten, ein gelber Zahn hing ihr über der Unterlippe.

»Was schreist du so und beschimpfst mich, he? Bin doch nicht schwerhörig. Willst du, dass ich dich gleich abmurkse, weil du so viel Lärm machst und mir auf die Nerven gehst?«

Sie holte blitzschnell ein Springmesser aus der Jackentasche und ließ es unter Humberts Nase aufschnappen. Der wurde bleich und sank auf den Stuhl. »Stör mich nicht«, sagte die Alte. »Meinst du, ich habe Zeit und Geduld, mir dein jämmerliches Geschrei anzuhören? Willst du einmal die Liste der Leute sehen, um die ich mich heute noch zu kümmern habe?« Sie steckte das Messer ein und nahm ein gefaltetes Papier aus ihrer Innentasche. »Hier, all diese Leute muss ich heute noch abholen. Sechs Stück. Außerdem muss ich noch Briefe an Kollegen und an meinen Vorgesetzten schreiben. Und zum Abendbrot habe ich auch noch nichts besorgt. Ständig dieser Zeitdruck. Also, hör auf zu jammern und mich zu belästigen. Kommst ohnehin an die Reihe, an mir führt kein Weg vorbei. Aber lebe und leide ein Weilchen, wirst schon sehen, was du davon hast. Vielleicht wirst du mich einmal kniefällig darum bitten, dich zu holen.« Dann winkte sie ab und machte ein betrübtes Gesicht. »Sei friedlich und werde glücklich, wenn du kannst, aber beschimpfe nicht den Tod. Der Tod hat ein schweres Los. Morgen muss ich wieder zum Arzt wegen meiner Rückenschmerzen. Ach, es ist zum Heulen.« Jammernd verließ die Alte das Zimmer.

War das der Tod? Eine alte Frau mit Rückenschmerzen? Humbert staunte. Nicht zu glauben. Fast hatte er Mitleid mit der Alten. Nachdem er eine Weile vor sich hingegrübelt hatte, zuckte er die Schultern, schnappte sich die Einkaufstasche und ging zum Supermarkt. Karin würde böse sein, wenn er bis zu ihrer Rückkehr nichts gekocht hätte. Und wenn Karin böse war, gab es die nächsten Tage nichts zu lachen.

Drei Gauner

Egon, Karl und Martin sitzen auf einer Wiese und besprechen ihre Tagesaktionen.

Egon: Also, wir stellen uns auf den Marienplatz und fangen so an wie geplant.

Karl: Was haben wir denn geplant?

Egon (*gereizt*): Das war doch alles besprochen. Du springst durch einen Reifen und machst Männchen. Dann schlage ich dir einen Ziegelstein auf den Kopf und du tust so, als würdest du Schmerzen haben, und kippst um. Das bringt uns großen Beifall.

Karl: Wie bitte? Das haben wir so nicht geplant. Ich weiß nur, ich liege auf dem Boden und du springst mir auf den Bauch. Ich soll dann lachen und dir zurufen: Egon, tu's noch einmal, das ist so schön. Und dann beginnen wir mit dem Programm. Und Martin geht zwischendurch herum und sammelt das Geld.

Martin: Gar nichts werde ich tun. Geld einsammeln liegt mir nicht. Erstens sehe ich aus wie Kohlrabi, und drittens gibt mir niemand was. Egon soll das machen.

Karl: Und zweitens?

Martin: Ich habe nur die ungeraden Zahlen gelernt.

Egon: Und was willst du selber machen, Martin? Du kannst ja nicht wie Kohlrabi rumstehen, während wir die Show abziehen.

Martin: Ich stelle mich auf ein Bein und rühre mich drei Stunden lang nicht. So was kommt gut an. Wir werden schwimmen in Geld.

Egon: Klingt nicht schlecht.

Karl (*winkt ab*): Drei Stunden auf einem Bein stehen? Mit euch kann man nichts machen. Ihr seid einfach zu blöd.

Egon: Sag das noch einmal.

Martin *(zu Egon)*: Ich glaub, er hat blöd gesagt.

Karl: Ihr seid mir zu blöd.

Egon: Klingt schon besser.

Martin: Find ich nicht. Er hat wieder blöd gesagt.

Egon: Also, wie machen wir das?

Martin: Ich habe eine Idee. Ich rasiere euch die Köpfe und behaupte, ihr seid …

Egon und Karl: Was? Die Köpfe rasieren?

Martin: … und behaupte, ihr seid meine missratenen Brüder.

Egon: Warum missraten?

Martin (*zuckt die Schultern*): Weiß nicht, aber ich habe gehört, die Leute sind am ehesten bereit, Geld zu geben, wenn jemand missraten ist.

Karl: Du Kühlschrank ohne Kühlfach. Denk mal nach. Zwei Glatzen. Da ist eine zu viel.

Egon: Hört auf zu streiten. Wir machen alles ganz anders. Wir fangen so an: Ich bin der Mann und du (er zeigt auf Karl) bist die Frau. Ich versuch dich zu küssen, aber du springst zur Seite, und so küsse ich Martin, der hinter dir steht. Und der fängt dann an, uns beide zu würgen. So entzücken wir die Leute.

Karl und Martin (*beugen sich zu Egon hin und klopfen ihm auf die Schulter*): Du bist unser Bester. So machen wir's.

Gift

Unser Leben ist vergiftet. Ständig müssen wir uns übergeben. Sie glauben mir nicht? Dann werde ich Ihnen einmal erzählen, wie mein Tag verläuft.

Ich mache mir morgens ein schönes Frühstück mit Eiern, Käse und Wurst, dazu trinke ich Kaffee. Kaum habe ich das Frühstück in aller Behaglichkeit verzehrt – schon muss ich es mit zuckendem Magen von mir geben. Und so ergeht es mir auch nach dem Mittagessen und dem Abendbrot. Das zarte Kassler, die jungen Erbsen und Karotten, der Schmorbraten in Burgundersoße, die Seezunge, der Camembert, das herrliche Schwarzbrot – ach! –, alles wandert sofort ins Klosett. Ich bin schon völlig ausgezehrt vom ewigen Erbrechen.

Aber nicht nur mir geht es so, nein, alle übergeben sich, wo sie gehen und stehen. Man kann nicht einmal in Ruhe lesen, ohne zu spucken, geschweige denn einkaufen oder Sport treiben. Die Abfalleimer sind voll mit Erbrochenem. Wie tun sie mir Leid, die armen Müllmänner – was die schuften müssen! Nein, diese Arbeit wünsche ich meinem ärgsten Feinde nicht. Die Müllmänner haben es doppelt schwer: Wenn sie die Eimer in ihre Wagen ausschütten, geben sie das Ihre noch dazu. Schlimmstenfalls fallen sie vor Übelkeit selbst hinein. Der Verschleiß an Müllmännern ist sehr groß.

Und alles wegen des Gifts im Essen und in der Luft!

In den Restaurants hat man unter den Tischen kleine Eimerchen aufgestellt, damit man auf diskrete Weise das genossene Essen zurückgeben kann. Stellen Sie sich vor, Sie essen in einem Restaurant und kommen hungrig wieder heraus. Im Schnellimbiss brauchen Sie nicht einmal zu essen, Sie können sich gleich übergeben. Mit der U-Bahn mag ich schon gar nicht mehr fahren. Was herrscht da für ein Gestank! Am besten, man hält sich ein parfümiertes Taschentuch vor die Nase. Die Straßen sehen schrecklich aus: überall Pfützen mit Erbrochenem. Menschen rutschen ständig aus, und Autos schlingern auf dem Asphalt herum. Dabei ist es verboten, die Straßen und Bürgersteige zu beschmutzen!

Polizisten versuchen diesem Übelstand durch Verteilen von Strafzetteln beizukommen, aber das hilft nicht, selbst die Polizisten werfen ihren Mageninhalt auf die Straße; sie geben sich gegenseitig Strafzettel. Ihre Uniformen sind meist bekleckert. Überall, wo man auch hinsieht, übergeben sich die Menschen: im Konzert, im Theater, bei der Arbeit, in der Schule, im Parlament. Neulich hat der Ansager im Fernsehen angefangen zu spucken, er wurde von zwei Männern hinausgetragen.

Ach, dieses Gift! Wie ist unser Leben armselig geworden – zum Speien. Man lebt ständig aus der Erinnerung an Zeiten, in denen das Leben noch nicht vergiftet war.

Bruno. Ein Porträt

1.

Das Essen war fertig, es gab Rührei mit Zwiebeln und Schinken. Bruno nahm sich eine kleine Portion aus der Pfanne und setzte sich an den Tisch. Er hatte keinen Appetit, aß jedoch trotzdem, weil er gewohnt war, am späten Abend zu essen. Nach den ersten Bissen schob er den Teller weg, es schmeckte ihm nicht. Dann überlegte er, was er tun könnte. Es war Viertel vor elf. Wie so oft hatte er zu nichts Lust, auch nicht zum Schlafengehen. Er trat auf den Balkon hinaus. Die Luft war mild, die Nacht klar. Schwermütig sah er hinauf in den Himmel. Beim Anblick des eierförmigen Mondes und der Sterne wurde er noch trauriger, als er schon war.

›Es ist alles so schwer auf Erden‹, dachte er, ›ich mag nicht mehr.‹ Die Mondoberfläche erschien Bruno wie das Gesicht eines alten Mannes.

»Na komm zu mir, auf Erden ist für dich nichts zu holen. Bei mir findest du Trost und Frieden«, sagte der alte Mann. »Komm nur.«

Bruno zögerte. Dann, als er nochmals den lockenden Ruf des Mondes hörte, kletterte er übers Geländer und stürzte sich aus dem neunten Stock freudig in die Tiefe. Kaum war er gesprungen, fiel ihm ein, dass er den Herd nicht abgestellt hatte. Darauf ruderte und strampelte er mit Armen und Beinen so sehr, dass er zur Seite abschwenkte. Er krachte durch die Äste und Zweige einer Birke und landete rücklings in einem offenen Karton der Altkleidersammlung, der in dem kleinen Garten von Frau Sanders stand. Frau Sanders hatte den Riesenkarton vor einigen Tagen bei sich auf der Terrasse aufgestellt, um für die Kriegsleidenden in Bosnien Kleider zu sammeln. Jeder Bewohner dieses großen Häuserblocks konnte Kleidung, Schuhe und Decken bei Frau Sanders in den Garten werfen. Sie prüfte die Sachen, und wenn sie noch brauchbar waren, wurden sie ordentlich gefaltet in den Karton gelegt. Durch den heftigen Aufprall kippte der Karton um und Bruno rollte auf den Rasen. Zuerst stockte ihm der Atem. Dann, als er wieder Luft bekam, spürte er Schmerzen im Rücken, an Armen und Beinen. Ächzend richtete er sich auf und betrachtete verwundert den Karton, der an einer Seite bis unten hin aufgerissen war. Kaum zu glauben, Bosnien hatte ihm das Leben gerettet. Er hinkte aus dem Garten hinaus auf den Weg, der zum Hauseingang führte. Dort besah er sich und stellte fest, dass die Haut an einigen Stellen aufgeschürft war. Am linken Hosenbein entdeckte er einen großen Riss. Starke Schmerzen aber hatte er nur in der linken Schulter. Er schaute zur Fassade des Wohnblocks hinauf; niemand schien gemerkt zu haben, dass er gesprungen war.

Zum Glück trug Bruno seinen Schlüssel immer an einer Kette bei sich. Wie oft schon hatte er sich früher ausgesperrt. In der Wohnung schaute er als Erstes in die Küche. Verblüfft stellte er fest, dass der Herd ausgeschaltet war.

»Du Riesenross!« Mit der flachen Hand schlug er sich auf die Stirn. Missmutig ging er hinaus auf den Balkon und lehnte sich ans Geländer. »Vandalen! Barbaren!«, hörte er eine Frau brüllen. Es war Frau Sanders; sie sammelte schimpfend Kleiderstücke auf, die aus dem Karton gefallen waren. Dann schaute Bruno bekümmert zum Mond auf, der ein Stückchen weitergewandert war.

»Es hat nicht geklappt«, murmelte er.

Der alte Mann nickte nur und sagte: »Du bist zu dumm zum Leben und zu dumm zum Sterben.«

Und seufzend musste Bruno dem alten Mann Recht geben.

2.

An einem Sonntagmorgen saß Bruno von neun bis elf in der Küche und starrte auf die Waschmaschine, in der seine Hosen und Hemden im Schaumwasser bald in die eine, bald in die andere Richtung geschleudert wurden. Da er sich langweilte, ging er ins Wohnzimmer und setzte sich in den Schaukelstuhl. Zwei Stunden lang betrachtete er ein Bild an der Wand, über das er sich schon viele Gedanken gemacht hatte. Das Bild hieß »Schwarzes Quadrat«, zeigte aber eine rote Kugel. Ohne eine Lösung gefunden zu haben, aß er zu Mittag eine Gemüsesuppe mit Brot. Nach dem Mahl ging er fünfmal um den Block, dreimal in eine, zweimal in die andere Richtung, und zufrieden darüber, etwas getan zu haben, setzte er sich auf das Sofa und versuchte eine umgekehrt gehaltene Zeitung zu lesen. Das sollte ein gutes Kopftraining sein, hatte er einmal in einer Radiosendung über menschliche Intelligenz gehört. Dann wurde ihm wieder schrecklich langweilig und er setzte sich zur Abwechslung in die Besenkammer. Dunkelheit sei angstmachend und phantasieanregend zugleich, hatte er in einem Zeitschriftenartikel gelesen. In den ersten Minuten bekam er tatsächlich Angst, weil er merkwürdige Geräusche hörte. Es klang so, als würden Menschen miteinander flüstern. Er stellte sich vor, dass sich ausländische Spione in seiner Besenkammer eingenistet hätten. Nach einer Weile wurde ihm auch dort die Zeit lang, und er verließ die Kammer mit hängenden Schultern. ›Es muss heute noch etwas passieren‹, dachte er, ›sonst habe ich den ganzen Tag verbummelt.‹ Gegen sechs hatte er eine Idee, als unten auf dem Gehweg eine Gruppe von drei jungen Männern vorbeischlenderte. Bruno holte einen nassen Putzlappen aus der Küche und warf ihn vom Balkon auf die Gruppe, um sich danach schnell zu ducken und durch einen Spalt in der Brüstung zu beobachten, wie die Betroffenen reagierten. Der Lappen landete auf dem Kopf des kleinsten der Männer, jenem, der ein weißes T-Shirt trug und kräftige Arme mit Tätowierungen hatte. Nach oben schauend, fluchte der Mann und warf den Lappen wütend in den Garten von Frau Sanders. Die beiden anderen lachten.

Mit dem Gefühl, dass dieser Tag an Farbe gewonnen hatte und somit gerettet war, setzte Bruno sich auf das Sofa und starrte glückselig vor sich hin.

3.

Ich kenne Bruno schon seit meiner Kindheit, wir gingen zusammen zur Schule. Unsere Lehrerin nannte ihn einen Taugenichts und Dummkopf. Ich mochte ihn trotzdem. Obwohl er schon früh von der Schule abging, habe ich die ganzen Jahre über die Freundschaft mit ihm bewahrt.

Eines Tages besuche ich ihn in seiner Einzimmerwohnung. Bruno steht am Fester und schnappt mit den Händen in die Luft. Im Verhältnis zu seiner ein Meter achtzig großen, molligen Gestalt sind die Arme zu kurz. Seine Bewegungen wirken unbeholfen.

»Was machst du da?«, frage ich.

»Ich versuche eine Fliege zu fangen. Ich will sie hinaustragen. Sie fliegt im Zimmer herum und kracht wieder und wieder gegen die Fensterscheibe. Bestimmt hat sie sich schon sämtliche Zähne ausgeschlagen.«

»Fliegen haben keine Zähne.«
Bruno sieht mich erstaunt an. »Womit beißen sie denn ihr Fressen?«
»Weiß nicht. Vielleicht haben sie einen Rüssel und saugen ihr Fressen in sich hinein.«
»Sie saugen? Was denn? Doch nicht Limo?«
»Dreck. Keine Ahnung. Schau im Brockhaus nach.«
Erneut hascht Bruno nach der Fliege, die brummend im Zickzack um die Lampe kreist und sich dann auf die Kommode setzt. Geschwind holt er ein Tuch aus dem Bad und wirft es über sie, aber sie kann sich irgendwie retten. Und nochmals kracht sie gegen die Fensterscheibe.
»Lass doch die Fliege!«, sage ich.
»Nein, ich will sie retten. Sie wird sich noch den Schädel am Glas einschlagen.«
»Fliegen haben keinen Schädel.«
Bruno hält inne, sieht mich erstaunt an. »Im Ernst? Was haben Sie dann? Woraus ist ihr Kopf gemacht?«
»Ich weiß es nicht. Jedenfalls nicht aus Knochen. Du musst im Lexikon nachschauen, oder in einem Fachbuch über Fliegen.«
Da er sich nicht von der Stelle rührt, gehe ich zum Regal. Einen Brockhaus hat er nicht, stattdessen finde ich ein dreibändiges Lexikon. Ich ziehe den ersten Band heraus. Unter dem betreffenden Stichwort aber steht nichts darüber, woraus Fliegenköpfe gemacht sind, sondern nur, dass sie Unrat fressen und einen Rüssel haben.
Als ich mich Bruno zuwende, schnappt er noch immer nach der Fliege. Ich stelle das Lexikon zurück ins Regal, trete entschlossen ans Fenster und öffne es weit. Dann nehme ich das Tuch von der Kommode und scheuche die Fliege hinaus.
Bruno blickt ihr mit einem Ausdruck von Verwunderung, aber auch Erleichterung nach. »Weg ist sie.«
»Wir haben ihr Schädel und Zähne bewahrt«, sage ich.
»Ob sie sich freut?«
»Sicher. So, wie sich ein Gefangener über die Freiheit freut.«
»Stimmt«, sagt Bruno, seine Arme und Schultern hängen wie leblos herab. Nach einer Weile sagt er: »Und was mache ich jetzt?«
Seine Stimme klingt traurig. Da merke ich, dass ich ihm Momente des Glücks, Momente der Selbstvergessenheit geraubt habe.

4.

Bruno ist bekannt für seine Leichtgläubigkeit einerseits, für seine depressiven Stimmungen andererseits. Es macht Spaß, ihm von Zeit zu Zeit einen Bären aufzubinden. An einem langweiligen Sonntag wollen wir, Karin, Frank und ich, zum Zeitvertreib einen Scherz mit ihm treiben.
Nach dem Kaffeetrinken schlendern wir durch den Westpark. Als Karin mir mit einem Blinzeln das Startzeichen gibt, sage ich zu Bruno, er solle hier mal ins Gras beißen, wenn er wieder traurig sei, das Gras im Westpark schmecke besonders gut und sei aufheiternd.
»Gras?«, ruft Bruno. »Hab ich schon probiert. Das schmeckt mir gar nicht. Davon bekomme ich Sodbrennen.«
Da sagt ihm Karin, er solle auf einen Baum klettern und runterspringen, das bringe ihn in euphorische Stimmung.
»Auf einen Baum klettern? Nein, das geht nicht. Ich habe mir gestern beim Zwiebelschneiden in den Finger geschnitten. Damit kann ich nicht klettern.«
Er hält den linken Daumen hoch, an dem ein Pflaster klebt. Das hat Karin nicht bedacht.
»Schwimm in der Isar«, sagt Frank. »Dort wo die Stromschnellen sind, da ist es lustig, das ist wie Karussellfahren. Dann kommst du in gute Stimmung.«
»Klingt nicht schlecht. Na gut, ich probier's.«
Mit der U-Bahn fahren wir zur Station Thalkirchen. Viele Menschen gehen an der Isar spazieren, viele Radfahrer rasen die Wege entlang. Bruno wirft einen Blick auf die Stromschnellen und meint: »Das sieht lustig aus.« Dann geht er an einer anderen Stelle ans Ufer und schlüpft aus seiner Hose. Wir bekommen ein wenig Angst. Schließlich könnte er sich wehtun, wenn er die Stromschnellen hinuntersaust. Doch wir würden ihn in letzter Sekunde zurückhalten, auf alle Fälle würde Karin dem ganzen Spiel Einhalt gebieten, das weiß ich. Kaum hat Bruno seinen Fuß ins Wasser gesteckt, brüllt er auf. »Das ist ja arschkalt! Nein, da gehe ich nicht hinein. Das hättet ihr mir früher sagen können.«
Während er sich anzieht, macht Karin den Vorschlag, die Tiere im Zoo anzuschauen. Wir sind einverstanden, und so gehen wir gemeinsam in den Zoo. Doch Bruno hält es dort nicht lange aus,

die Tiere in den Käfigen tun ihm Leid. Beim Anblick der eingesperrten Vögel hat er Tränen in den Augen.

»Sie können nicht in den Himmel fliegen«, sagt er, dreht sich um, winkt uns mit der Hand und eilt zum Ausgang. Verdutzt schauen wir ihm nach. Eine Weile stehen wir unschlüssig herum, dann gehen wir weiter. Die meiste Zeit halten wir uns bei den Affen und Seehunden auf.

5.

Ab und zu bekomme ich von Bruno Briefe. Einmal schrieb er mir von einer Nordseeinsel, wo er mit seiner Mutter Urlaub machte. Der Brief ist typisch für Bruno. Ich sage immer: Zeige mir, wie du schreibst, und ich sage dir, wer du bist und was in dir steckt.

Lieber Max,

ich bin mit meiner Mutter in Westerland auf Sylt. Das hättest du wohl nicht gedacht? Ich auch nicht, aber meine Mutter wollte unbedingt nach Westerland. Aus heiterem Himmel sagte sie: Wir fahren nach Westerland. Kannst du dir das vorstellen? Meine Mutter, die sonst immer nach Grömitz fuhr, auf einmal, wie von der Tarantel gestochen, sagte sie: Wir fahren nach Westerland. Unvorstellbar. Aber so ist Muttern halt, die reinste Wundertüte, man weiß einfach nicht, was in ihr steckt. Wir fahren nach Westerland! Aus heiterem Himmel, ich bin fast vom Stuhl gefallen.

Hier in Westerland kann man seine Zeit gut verbringen. Meist hocken wir am Strand. In Grömitz haben wir auch am Strand gehockt. Und manchmal gehen wir baden. Nur träumen tut man schlecht auf Westerland. Ich träume seltsamerweise immer das Gleiche, nämlich dass ich zu Hause bin und Angst habe, dass eine Schlange durchs Fenster ins Haus kommt. Ich sitze beispielsweise im Sessel und sehe auf einmal, wie sich eine Schlange um meinen Arm windet. Solche Träume habe ich. Stell dir das einmal vor. Ich schreie die Schlange an, sie soll mich in Ruhe lassen, aber sie streckt mir die Zunge raus. Drei Nächte habe ich davon geträumt. Mutter sagt, ich hätte zu viel Salzwasser geschluckt. Das glaube ich nicht. Drei Nächte der gleiche Traum. Ich sitze im Sessel, und da kommt eine Schlange und windet sich um meinen Arm. Kannst du dir das vorstellen? Und alles nur, weil die Mutter gesagt hat: Wir fahren nach Westerland, davon bin ich überzeugt. Ich bin fast vom Stuhl gefallen, als sie das sagte. Hätte ich gewusst, dass ich hier so schlecht träume, wäre ich vielleicht gar nicht mitgefahren. In Grömitz hätte ich nie so schlecht geträumt. Aber leider bin ich gefahren, wie du siehst, und jetzt hocke ich hier und träume von Schlangen. Hast du eine solch unverschämte Schlange schon einmal erlebt? Ich schreie sie an, und sie streckt mir die Zunge raus. Die reinste Westerland-Schlange. Hätte Mutter nicht gesagt: Wir fahren nach Westerland, wären wir jetzt in Grömitz und ich müsste nicht von Schlangen träumen. Ich bin sicher, du würdest ebenfalls von Schlangen träumen, die dir die Zunge herausstrecken. Wie meine Mutter wohl auf den Gedanken gekommen ist: Wir fahren nach Westerland, das ist doch nicht meine Mutter. Hat deine Mutter schon einmal so etwas gesagt, ich meine was ganz anderes, so aus heiterem Himmel und so unerwartet, dass man fast vom Stuhl fällt?

Dass du arbeiten musst, während ich Urlaub mache, tut mir Leid. Dafür träumst du nicht so einen Käse wie ich. Du träumst doch sicher nicht von einer Schlange, die zu dir ins Haus kriecht und sich um deinen Arm windet? Nein, einen solchen Traum kannst du gar nicht haben, es sei denn, du bist in Westerland. Aber du bist ja nicht in Westerland, sonst hätte ich dich bestimmt gesehen. Nur hier hat man solche Träume, nur hier. So eine freche Schlange, ich bin überzeugt, auch du hättest dich über sie geärgert, wenn sie dir einfach die Zunge gezeigt hätte. Ich kenne dich gut. Fast so gut wie meine Mutter. Aber dass sie einfach sagt: Wir fahren nach Westerland, das hatte ich nicht erwartet, obwohl ich sie doch gut kenne. Findest du das nicht auch komisch. Schade, dass du so viel arbeiten musst. Aber tröste dich, dafür musst du nicht von Schlangen träumen, und deine Freundin würde nie sagen: Lass uns nach Westerland fahren.

Oh, mein Brief ist so lang geworden, da kannst du mal sehen, wie viel ich auf der Seele habe. Das muss raus. Diese Schlange macht mich wahnsinnig, wenn sie noch einmal in meinem Traum erscheint, werde ich ein Messer nehmen und auf sie einstechen. Eigentlich ist die Mutter an allem schuld. Die mit ihrer Idee, nach Westerland zu fahren.

Nun denn, ich finde mich damit ab, von Schlangen träumen zu müssen. Du solltest dich damit abfinden, dass du viel Arbeit hast. Es ist besser, eine Arbeit zu haben als keine. Es ist besser, von Schlangen zu träumen als gar nicht zu träumen. Oh, jetzt habe ich glatt eine Weisheit zum Besten gegeben, das wollte ich nicht. Ich habe dir so viel von Westerland erzählt, dabei hätte ich dir gern noch etwas über den Traum mit der Schlange erzählt, die bestand nämlich aus Putzlappen. Ja, du hast richtig gelesen, aus Putzlappen. Was das wohl bedeuten mag. Soll ich meine Träume etwa putzen? Zum Lachen, oder? Morgen schreibe ich dir wieder, dann aber ausführlich.

*Viele Grüße,
Dein Bruno*

6.

Bruno saß am Fenster. Eine kleine Fliege umkreiste ihn. ›Die ist aber lästig‹, dachte er. Er ging in die Küche und holte sich einen Apfel. Die Fliege umschwirrte ihn auch dort. Er versuchte sie zu verscheuchen, aber das half nicht. ›Die ist ja hartnäckig, was will sie nur von mir? Den Apfel mag sie sicher nicht, der ist sauer.‹

Er setzte sich wieder ans Fenster. Die Fliege blieb bei ihm. Ständig flog sie vor seinem Gesicht herum. ›Mistvieh‹, dachte er und pustete nach ihr. ›Ich sollte sie totschlagen, die will mich nur ärgern. Aber von Fliegen lasse ich mich nicht ärgern, ich nicht.‹

Er ging ins Schlafzimmer und legte sich hin. Die Fliege folgte ihm und zog ihre Kreise vor seinem Gesicht. Ihr Surren machte ihn nervös. ›Warum ist sie so aufdringlich, so stur? Sie kriegt nichts zu fressen, ich puste sie an, ich scheuche sie weg, sie ist ständig in Gefahr, totgeschlagen zu werden, und trotzdem will sie nicht weg von mir. Sehr lästig.‹

Plötzlich erinnerte er sich an seine erste Liebe. Helen hieß sie, sie hatte rote Haare und lange Beine, war die Schnellste im Laufen und die Größte, einen halben Kopf größer als er. Einmal schenkte sie ihm einen Kaugummi, und seitdem war er in sie verliebt. Monatelang setzte er sich nach der Schule im Schatten eines Ahorns auf eine Mauer und beobachtete, wenn sie mit ihren Freundinnen vorbeischlenderte. Ständig lungerte er vor dem Haus in der Lessingstraße herum, einem stilvollen Altbau, und schaute zum vierten Stock hoch, wo sie wohnte. Wenn sie aus dem Haus herauskam, versteckte er sich hinter einer Kastanie auf der anderen Straßenseite. Ständig zog es ihn zu ihr hin. Während der Pausen auf dem Schulhof hielt er sich immer in ihrer Nähe auf.

Helen aber liebte ihn nicht. »Bruno, geh weg und lass mich in Frieden«, sagte sie oft. »Du bist mir zu klein.«

Doch er ließ sich nicht verscheuchen, sie wirkte wie ein Magnet auf ihn. Die Mädchen in der Klasse lachten ihn aus, die Jungen ebenfalls. »Die ist doch hässlich«, sagten sie zu Bruno, »eine Bohnenstange, zu groß und hat keine Brust.« Bruno war das egal. Helen war oft genervt und verdrehte die Augen, wenn sie ihn erblickte. Eines Tages sagte sie zu ihm: »Bruno, du bist eine lästige Fliege. Pass auf, dass ich dich nicht totschlage.«

›Ja, die Helen. Genau das sagte sie: Pass auf, dass ich dich nicht totschlage‹, dachte Bruno. Dann sprang er auf und holte ein Marmeladenglas aus dem Kühlschrank, tauchte seinen Finger hinein und hielt ihn der Fliege hin, die ihm gefolgt war. Gerührt beobachtete er, wie sie sich über die Marmelade hermachte.

7.

Ende März beschlossen Karin und ich, Bruno in den April zu schicken. Als es so weit war, saßen wir bei ihm und tranken Tee.

»He, Leute«, sagte Karin. »Wisst ihr, dass man beschlossen hat, die Nummer 13 durch den Ausdruck Krapp zu ersetzen?«

Bruno lachte, indem er seinen Kopf zurückwarf. Wenn er lachte, sperrte er seinen Mund so weit auf, dass man ihm tief in den Rachen schauen konnte. »Das glaub ich nicht. Dann müsste Max ja in einem Haus mit der Nummer Krapp wohnen. Wozu sollte das gut sein.«

»Stimmt«, sagte ich. »Ich wohne jetzt nicht mehr in der Deiserstraße 13, sondern in der Deiserstraße Krapp.«

»Wirklich?« Bruno kratzte sich am Hinterkopf.

»Die Leute sind abergläubisch, Bruno«, sagte Karin. »Sie glauben, diese Zahl bringt Unglück. In vielen Flugzeugen gibt es keine Reihe 13. Am 13. gehen viele Leute nicht zum Arzt, viele machen keine Reisen.«

»Das habe ich auch gelesen«, sagte ich. »Auch schriftlich meidet man die 13. Man schreibt ein K und ein X. Diese Regelung soll ab heute gelten.«

»Im Ernst? Das ist ja zu komisch«, sagte Bruno.
Karin sprang auf. »Lasst uns raus. Die Sonne scheint.«
Wir gingen eine Weile im Westpark spazieren. Dort tummelten sich viele Menschen, sie spielten auf dem Rasen Federball, ließen bunte Drachen in der Luft tanzen oder saßen auf Bänken und hielten ihr Gesicht in die Sonne. Eine Weile standen wir am See und sahen zu, wie zwei Blesshühner sich stritten. Dann stiegen wir auf einen Hügel, von wo wir einen wunderbaren Ausblick auf München hatten.
»Oh, da ist Herr Dreizehnter mit seiner Frau. Sie sind meine Nachbarn aus dem achten Stock«, sagte Bruno und deutete auf ein Paar mittleren Alters, das auf den Hügel gestiegen kam. Heftig atmend setzte es sich auf eine Bank.
Ich erinnerte Bruno daran, dass es keine 13 mehr gebe.
»Du meinst, sie müssen ihren Namen ändern? Heißen sie jetzt etwa Krapp?«
Karin und ich nickten.
»Begrüß sie doch mit ihrem neuen Namen«, meinte Karin.
»Na gut«, sagte Bruno.
Wir schauten zu, wie er mit ihnen redete. Der Herr wurde rot im Gesicht, die Ader auf der Stirn schwoll an, die Frau schüttelte zuerst den Kopf, dann lachte sie, schließlich verzog sie das Gesicht, als wollte sie wütend werden.
Bruno kam mit grimmigem Ausdruck zurück, die Fäuste geballt.
»Sie wollen die neue Regelung nicht annehmen. Sie sagen, und wenn die Welt unterginge, sie würden ihren Namen nicht wechseln. Und das mit Krapp ist ja wohl ein Witz, ich bin blöd, dass ich es glaube, haben sie gesagt.«
»April, April«, rief Karin und gackerte los. Ich warf mich ins Gras und strampelte mit den Beinen. Bruno sah uns beide mit finsterer Miene an und verschränkte seine zu kurzen Arme vor der Brust. Nach einer Weile wandte er sich von uns ab, setzte sich ins Gras und schaute den Drachen auf der Wiese zu, mit leuchtenden Augen verfolgte er ihre abenteuerlichen Sturzflüge. Er war glücklich, das sahen wir ihm an. Wir beruhigten uns. Kurz darauf weideten auch wir uns am Tanz der Drachen.

Der Spion

Wie immer am Samstag saßen wir beisammen und spielten Rommé, diesmal im Garten von Lorenz. Ein kühles Bier süffelnd, warfen wir nacheinander die Karten auf den Tisch. Wir kannten uns von der Schule her, schon damals hatten wir gespielt, manchmal die ganze Nacht hindurch. Giorgio, unser Klassenkamerad aus Griechenland, hatte uns eine Variante beigebracht, die in seiner Heimat sehr beliebt war. Aber Giorgio war heute nicht dabei, er betrieb in unserer Kleinstadt eine Taverne und fand nicht immer Zeit, mit uns zu spielen.

Wir begannen am späten Nachmittag. Es war sehr warm. Ein großer Schirm schützte uns vor den immer noch heißen Strahlen der allmählich untergehenden Sonne. Auch mit meinem Glück ging es bergab. Hatte ich die ersten Spiele entweder gewonnen oder war Zweiter geworden, so verlor ich jetzt eins nach dem anderen. Es war nicht zu glauben, alle schlechten Karten machten mir Liebeserklärungen. Meine Stimmung verdüsterte sich zusehends; zuletzt drosch ich mein Blatt mit einem Fluch auf den Tisch.

»Mäßige dich«, sagte Franz, Deutschlehrer von Beruf. Flüche konnte er nicht leiden. Selbst bei Ausdrücken wie »Verflixt und zugenäht« kniff er missbilligend die Lippen zusammen.

»Einen Dreck werde ich tun«, rief ich, nahm die Karten vom Tisch und warf sie ins Gras. »Das ist eine Verschwörung. So viel Pech kann keiner haben.«

»Ruhig Blut«, sagte Erwin mit seiner Pfeife im Mundwinkel. Er schien der Ruhigste von uns zu sein; dass er in Wirklichkeit nervös war, merkte man am leichten Zittern seiner Finger.

»Im nächsten Spiel hast du mehr Glück«, meinte Lorenz.

Er war der beste Spieler in unserer Runde, auch heute hatte er die Nase vorn behalten. Erwin und ich waren die Schlechtesten, wir verloren das meiste Geld, aber während Erwin es nicht tragisch nahm, jeden Samstag einige Mark zu verlieren, regte ich mich tierisch auf. Ich gab mir so viel Mühe, bereitete mich innerlich die ganze Woche vor, gut zu spielen, und trotzdem verlor ich, vor allem deswegen, weil ich schlechte Karten bekam. Das setzte mir am meisten zu: Warum war mein Blatt meist schlechter als das der anderen? Lorenz hob die Karten auf und mischte sie von Neuem. Seine Prognose, dass ich mehr Glück haben würde, erfüllte sich nicht. Beim nächsten Spiel wurde es ganz schlimm. Ein so schlechtes Blatt hatte ich noch nie gehabt. Ungläubig starrte ich auf die Karten, dann packte ich den Tisch und warf ihn mitsamt der Biergläser um, verschränkte die Arme vor der Brust und sagte keinen Ton mehr. Eine Art Raserei hatte mich gepackt. Die anderen schauten zuerst sich selbst und dann mich an.

»Bist du blöd? Meine Hose ist nass!«, rief Lorenz.

»Hans, du hast sie wohl nicht alle … der verträgt die Sonne nicht«, meinte Erwin und hob sein Bierglas auf.

Sie steckten die Köpfe zusammen, Franz murmelte etwas, mit einem Ruck erhoben sie sich, nahmen meinen Stuhl an den Beinen und trugen mich durch die Büsche zu einem Apfelbaum. Just in dem Moment, als sie mich unter ihm abstellten, fiel mir ein Apfel auf den Kopf. Franz, Erwin und Lorenz brachen in Gelächter aus.

Ich wurde noch wütender. »Das ist ein Komplott gegen mich«, schrie ich. »Ihr habt euch alle gegen mich verschworen. Selbst der Apfelbaum ist mit euch im Bunde. Ich mache nie wieder mit. Nie wieder!«

Die Freunde kümmerten sich nicht um mein Geschrei. Offenbar hielten sie mich nicht für zurechnungsfähig. Während ich in den Büschen sitzen blieb, entfernten sich die Freunde. Ich hörte nur noch, wie Lorenz sagte: »Dass der Hans so verstockt sein kann, wusste ich gar nicht. Ein Choleriker.«

In mir brodelte es so fürchterlich, dass ich ihn am liebsten getreten hätte. Aber da hörte ich auf einmal eine Stimme neben mir. »Ruhig Blut. Lass uns die Kleider tauschen. Ich gehe dann zu den Freunden und jage ihnen einen Schrecken ein.«

Verblüfft drehte ich mich um. Da hockte ein Mann neben mir im Sand, sein Gesicht hatte er von mir abgewandt. »Wer bist du?«, fragte ich ihn. Er war ungewaschen, seine Klamotten stanken nach Schweiß.

»Sagen wir … ein Spion. Zufrieden?«, fragte er, ohne sich mir zuzuwenden.

»Und wie willst du sie erschrecken?«

»Ich ziehe deine Sachen an und zeige ihnen mein Gesicht. Es ist dafür hervorragend geeignet.«

Er wendete den Kopf. Ich erschrak. Sein Gesicht war mit Pickeln und Warzen bedeckt. Unwillkürlich bog ich vor Ekel meinen Oberkörper zurück. Ich überlegte. Dieses Pickelschwein sollte meine Sachen anziehen? Egal. Diesen Spaß wollte ich mir nicht entgehen lassen. Ich schlüpfte aus meinen Klamotten und gab ihm Hemd und Hose. Er legte seine Kleidung ab und hatte im Nu meine angezogen. Sie war ihm ein wenig zu groß, aber das würde bei der Aktion nicht stören. Dann trat er hinaus aus den Büschen und ging zum Spieltisch, wo meine Freunde sich neues Bier eingeschenkt hatten.

»He, Leute, schaut mal, was passiert ist. Ein zweiter Apfel fiel mir auf den Kopf, und in mir machte es Wusch. Sehe ich irgendwie anders aus?«

Die drei Freunde starrten den vermeintlichen Spion an und gleich darauf erschien ein Ausdruck des Entsetzens in ihren Gesichtern. Als der Spion an den Tisch trat, stürzten sie davon. Lorenz stolperte, fiel mit dem Gesicht ins Gras, sprang auf und lief weiter. Ich lachte, trat in Unterwäsche hinaus zum Spion, um mich bei ihm zu bedanken.

Der aber streckte nur seine Hand aus und sagte: »Das kostet dich einen Fuffi.«

»Das war aber nicht abgemacht.«

»Hast du gemeint, ich mache das umsonst?«

»Du hast nicht gesagt, dass es was kostet.«

»Man muss für alles bezahlen. Das sind die Regeln der Welt. Selbst ein Lächeln lechzt nach Ausgleich.«

»Aber fünfzig Euro für diesen kurzen Auftritt, das ist zu teuer.«

Er streckte seine Hand nochmals aus. »Her mit dem Fuffi.«

»Und wenn ich dir einen Zwanziger gebe?«

»Dann wirst du nie wieder im Kartenspiel gewinnen.«

»Und wie gewinne ich, du Neunmalkluger?«

»Erstens gibst du mir den Fuffi, und zweitens rufst du vor jedem Spiel die schlechten Karten herbei und sagst ihnen, dass sie dich kreuzweise können. Und jetzt her mit dem Geld.« Er streckte mir die flache Hand hin.

»Wie bitte? So ein Unsinn!« Ich holte aus und klatschte ihm mit der Hand ins Pickel-Gesicht. Da drehte er sich um und lief zum Gartentor. Zu spät fiel mir ein, dass er noch meine Sachen trug, in der Hosentasche steckte auch meine Geldbörse mit etwas mehr als fünfzig Euro darin. ›Mistkerl‹, dachte ich und blickte ihm nach. Ich staunte nicht schlecht, als er mühelos über die Gartentür sprang. Das war nicht mein Tag. Ich inspizierte seine übel riechenden Klamotten. In den Hosentaschen fand ich nur Spielkarten. Ob er mir mein Blatt verhext hatte? Voller Ekel, voller Wut zog ich Hemd und Hose an und schlich mich hinaus aus dem verwunschenen Garten.

Eines frage ich mich heute noch: Warum hatte er sich als Spion bezeichnet? Ein Spion versucht doch stets herauszufinden, welche Stärken und Schwächen der Gegner hat und welche geheimen Absichten. Aber wer war hier der Gegner? Wie dem auch sei, ich fand mich damit ab, ein Spieler zu sein, der schlechte Karten magnetisch anzog. Ich folgte dem Rat des angeblichen Spions und rief im Geiste die schlechten Karten vor jedem Spiel: Her mit euch, ihr Lotterbuben, kommt nur, verderbt mir ruhig das Spiel, das bekümmert mich nicht.

Und seltsam, in den folgenden Jahren wurde ich in unserer Runde der beste Spieler, ich gewann am laufenden Band. Gute Karten landeten oft bei mir. Die Freunde meinten, das sei der Apfel gewesen.

Herr Dreikorn

Herr Dreikorn saß in einem Café an der Alster und trank ein Glas Bier. Das tat er oft nach der Arbeit. Am liebsten saß er direkt am Zaun unter einer Birke, von wo er eine gute Aussicht hatte. Er genoss es, beim Anblick des Gewässers und der Silhouette der Innenstadt seinen Gedanken freien Lauf zu lassen. Sein sechzigster Geburtstag stand bevor, Anlass genug, über sein Leben nachzudenken. Jetzt würde er definitiv alt werden. Er fühlte sich aber nicht alt. Warum dachten die Leute, dass man mit sechzig schon alt sei? Sicher, er hatte ein paar Falten im Gesicht und er trug wegen seiner Glatze ein Toupet, trotzdem fühlte er sich putzmunter. Etwas anderes bereitete ihm größeren Kummer. Auf seine Vergangenheit zurückblickend hatte er in den letzten Monaten festgestellt, dass er einen beträchtlichen Teil seines Lebens mit unerfüllbaren Hoffnungen gelebt hatte, dass er eigentlich nie auf dem Boden der Tatsachen stand. Wie oft hatte er sich in die Irre leiten lassen, wie oft hatte er sich Illusionen hingegeben oder gleichsam verblendet die Zeichen falsch gedeutet. Derart vertieft in seine Gedanken nahm er nicht wahr, wie eine kleine Meise von der Birke herabflog, sanft auf seinem Toupet landete und dort gleichsam erstarrte.

Herr Dreikorn rief den Kellner, um zu bezahlen. Der Kellner, ein junger Mann mit schulterlangem Haar, reichte ihm den Kassenbon und zog eine schwere Geldbörse hervor, die am Rücken in seiner schwarzen Hose steckte, als er die Meise auf dem Kopf von Herrn Dreikorn erblickte.

»Sie ... Sie haben da einen Vogel.« Er deutete mit dem Finger auf seinen eigenen Kopf, meinte aber den Kopf des Gastes.

Herr Dreikorn war empört. »Unverschämtheit«, murmelte er und gab dem Kellner kein Trinkgeld. Er konnte es nicht leiden, wenn sich Leute über ihn lustig machten. ›Seltsam, sonst war der Kellner immer so nett gewesen‹, dachte er, als er das Café verließ.

Auf dem Nachhauseweg betrat er eine Bäckerei, um Obstkuchen für seine Frau zu kaufen. Noch immer saß der kleine Vogel wie versteinert auf seinem Kopf. Die schwerbrüstige Verkäuferin riss die Augen auf, als Herr Dreikorn vor ihr stand und auf einen Kuchen deutete. Mit offenem Mund glotzte sie auf den Vogel, gab sich dann einen Ruck und packte die Obstkuchenstücke ein. Herr Dreikorn reichte ihr einen Schein, sie händigte ihm das Wechselgeld aus und sagte: »Äh, Sie haben eine Meise. Da oben.« Sie deutete mit der Hand auf ihren Kopf, meinte aber den Kopf des Kunden.

›Schon wieder‹, dachte Herr Dreikorn. ›Sehe ich so blöd aus, sitzt die Perücke schief oder was ist los? Es ist unglaublich, welche Frechheiten sich die Leute herausnehmen. Zeigen mir einfach einen Vogel.‹

Ohne zu grüßen verließ er die Bäckerei und schwor sich, den Laden nie wieder zu betreten.

Mitten auf der Straße blieben zwei Mädchen stehen, sahen ihn an und lachten. »Der hat 'ne Meise!«, kreischte die eine und gackerte los, die andere sah ihn an und hielt sich die Hand vor den Mund.

›Irgendetwas stimmt da nicht‹, dachte Herr Dreikorn, als er die Treppen zur Wohnung hinaufstieg. ›Ich muss in den Spiegel schauen.‹

Verärgert schloss er die Tür auf. Als Erstes legte er sein Jackett ab. Seine um zehn Jahre jüngere Frau, die ihren Mädchennamen behalten hatte und daher Dreikorn-Schüttelsack hieß, rief ihn ins Wohnzimmer, wo sie am weit geöffneten Fenster sitzend ein Buch las.

»Endlich kommst du. Stell dir vor …«, sagte sie und hielt inne, als sie ihren Gatten erblickte. Sie brachte keinen Ton mehr heraus.

»Was ist? Ich habe Kuchen mitgebracht«, sagte Herr Dreikorn und erwartete, dass seine Frau entzückt rufen würde: »Oh, wie lieb von dir.«

Stattdessen starrte Frau Dreikorn-Schüttelsack ihren Mann an, als wäre er ein Fremder. Dann sagte sie: »Karl, du hast da einen Vogel.« Sie zeigte auf den Kopf ihres Mannes.

Herr Dreikorn stampfte mit dem Fuß auf. »Jetzt fängst du auch noch an! Was ist denn nur los?«, brüllte er.

Bei diesen Worten rührte sich die Meise wieder, flog vom Kopf und verschwand aus dem Fenster, ohne dass Herr Dreikorn es merkte. Er stellte sich im Flur vor den Spiegel. Seine Frau folgte ihm.

»Wovon redest du? Ich sehe nicht anders aus als sonst.«

»Aber eben hattest du noch einen Vogel.«

Beim Wort Vogel drehte sich Herr Dreikorn um und gab seiner Frau eine schallende Ohrfeige. Das tat er immer dann, wenn ihm etwas zu viel wurde. In den zwanzig Jahren ihres Ehelebens hatte er sie im Schnitt einmal im Jahr geschlagen. In den letzten Jahren jedoch war er ruhiger geworden. Sich die Wange reibend schaute Frau Dreikorn-Schüttelsack ihren Mann ungläubig an. Schon beim letzten Mal, als sie wegen einer Lappalie eine Ohrfeige von ihm empfangen hatte, hatte sie geschworen, sich dergleichen nicht mehr gefallen zu lassen. Das war vor drei Jahren im Urlaub gewesen; sie hatte ihn ausgelacht, weil er am Gesäßteil seiner Hose einen Riss hatte und den ganzen Tag damit herumgerannt war.

Ohne auszuholen schleuderte Frau Dreikorn-Schüttelsack ihrem Mann den Handrücken ins Gesicht. Diesen Schlag hatte sie monatelang vor dem Spiegel im Fitness-Studio geübt, wo sie einmal pro Woche trainierte. Herr Dreikorn brüllte auf und krümmte sich. Erschrocken stellte sie fest, dass er an der Wange blutete. Ach ja, sie trug ja am Finger ihren Diamantenring, den sie vor drei Jahren als Wiedergutmachung für die erlittene Schmach im Urlaub geschenkt bekommen hatte.

»Was ist denn mit dir los?«, quakte Herr Dreikorn voller Verwunderung.

»Denkst du, ich lass mich von einem Sechzigjährigen schlagen?«, sagte sie und wandte sich ab. »Nächstes Mal nehme ich den Ring vorher ab.«

Am späten Abend – sie saßen vor dem Fernseher – fragte er sie kleinlaut, ob das mit dem Vogel wahr gewesen sei.

»Ganz bestimmt, ich schwöre es«, sagte Frau Dreikorn-Schüttelsack. »Eine kleine Meise saß stocksteif auf deinem Toupet. Gott weiß warum. Und als du mich anbrülltest, flog sie weg.«

Er dachte nach und sagte: »Von heute an gib mir immer eine Ohrfeige, wenn da ein Vogel auf meinem Kopf sitzt. Oder wenn ich die Wahrheit nicht sehen will.«

Sie stutzte. »Gleich so radikal?«

»Ich werde sechzig. Da ist es Zeit, aufzuwachen.«

Frau Dreikorn-Schüttelsack wusste zwar nicht genau, was er damit meinte, ließ sich aber kein zweites Mal auffordern. Sie schlug ihren Gatten, sooft ihr danach war. Auch wenn er nie wieder einen Vogel auf dem Kopf hatte.

Flugzeugsinfonie

1.

Ein Propellerflugzeug, das silbern in der Sonne leuchtet, kreist am Himmel, und obwohl es knattert und stottert, stürzt es nicht ab. Jedes Mal, wenn sein Motor aussetzt, heben die Leute ihre Köpfe und erwarten, dass es fällt, aber der Motor springt wieder an und das Flugzeug fliegt knatternd weiter.

2.

Marion schneidet im Garten die Rosen. Ihr Mann sitzt auf der Veranda im Schaukelstuhl, liest Zeitung und sagt: »Heute erreicht der Kosmos die größte Ausdehnung, steht hier. Danach wird er schrumpfen.«
Marion denkt, vielleicht zerplatzt er dann wie ein Luftballon. Sie hört ein Brummen und schaut hoch zum Himmel. Ein Flugzeug macht einen Bogen und fliegt in eine andere Richtung, der Motor setzt für einen Moment aus und brummt gleich darauf umso lauter.

3.

Egon ist eigentlich Taxifahrer. Am Samstag aber verkauft er Obst auf dem Markt. Bei ihm werden wir einkaufen. Wir heißen Peter und bestehen aus einer Ansammlung von mehreren Billionen Zellen, wir tragen ein schwarzes T-Shirt und Bluejeans. An der Leine führen wir einen Hund namens Balto. Ach ja, und wir haben die Gabe, in die Zukunft oder auch weit, weit in die Ferne zu schauen. Wir deuten auf eine fussballgroße dunkelgrüne Melone und sagen zu Egon: »Gleich wirst du uns die Melone geben, und wenn du sie uns übergibst, wird das Flugzeug da oben abstürzen.«
Egon lacht und sagt: »Vielleicht, weil der Kosmos heute die größte Ausdehnung erreicht?«
Er nimmt die Melone, auf die wir gedeutet haben, und reicht sie uns. In diesem Moment setzt das Knattern über unseren Köpfen aus. Schnell nimmt Egon die Melone zurück. Augenblicklich

beginnt das Flugzeug wieder zu knattern. Egon probiert es noch einmal, und wir erleben das gleiche Spiel.

Egon sagt: »Also Peter, ihr bekommt die Melone erst, wenn die Zustände im Kosmos sich normalisiert haben. Nehmt lieber Pfirsiche.«

So nehmen wir Pfirsiche und gehen mit Balto unserer Wege.

4.

Nach der Arbeit im Garten hat Marion sich auf der Liege ausgestreckt und ist eingeschlafen. Im Traum fliegt sie auf ihrer Liege an einem Schwarzen Loch vorbei. Das Schwarze Loch raubt ihr zuerst die Liege, dann die Kleider, dann die Haare, dann die Arme und Beine, Brust und Bauch, zuletzt den Kopf. Alles verschwindet in seinem dunklen Schlund. Obgleich Marion keinen Körper mehr hat, winkt sie dem Schwarzen Loch zu. Das Schwarze Loch hält mit dem Kauen inne, glotzt sie an, und nachdem es mehrmals vor Verblüffung mit seinen fetten Lippen geschmatzt hat, wendet es sich einem daherfliegenden Meteoriten zu und saugt ihn in sich hinein.

5.

Zuletzt geschieht genau das, was wir vorausgesagt haben. Das Flugzeug stürzt auf den Markt. Zu dieser Zeit sind wir außerhalb des Ortes und gehen mit Balto an einem Bach spazieren. Aus der Ferne sehen wir in der Stadt dunklen Rauch neben dem Rathausturm aufsteigen. Manchmal ist es bitter, dass sich unsere düsteren Voraussagen erfüllen. Später wird es heißen, der Pilot habe nicht mehr landen wollen, er hielt das Ende der Welt für gekommen.

6.

Bei Egon, der zu Hause am gedeckten Tisch sitzt, gibt es Melone zum Nachtisch. Es ist die Melone, die wir hatten kaufen wollen. Egons drei Kinder und seine Frau lieben das blutrote Fruchtfleisch. Doch als sie reinbeißen, ertönt ein großer Krach, es klingt wie eine Explosion, die Fenster scheppern. Egon sieht auf die Uhr und sagt: »Das Universum hat soeben seine größte Ausdehnung erreicht, von jetzt an schrumpft es.«

Der blöde Sohn

Es war einmal ein König, der hatte zwei Kinder, einen Sohn und eine Tochter. Mit beiden war er nicht sehr glücklich. Die Tochter hatte er zwar mit einem italienischen Fürsten verheiratet, aber dieser Fürst hatte einen Makel: Er fuhr gern Karussell, und zwar jeden Morgen, sonst war er gereizt und kaum belastbar. Außerdem weigerte er sich, Deutsch zu lernen. Am Hofe lachte man über ihn. Größere Sorgen bereitete dem König jedoch der Sohn, er war nämlich derart blöde, dass es nicht zum Aushalten war. Er war klein und dick und hatte eine sonderbare Leidenschaft: Er sammelte Hüte, schnitt ein handtellergroßes Loch in ihre Mitte und setzte sie auf. Mit diesen Hüten zeigte er sich in der Öffentlichkeit und machte sich zum Gespött der Leute. »Das ist des Blöden Krone«, sagten sie über seine Hüte. Der Spott fiel auch auf das Königshaus. Außerdem weigerte sich der Sohn, eines fernen Tages den Thron des Vaters zu besteigen. Lieber wollte er Metzger werden.

Der König machte seiner Gemahlin oft den Vorwurf, sie sei schuld, sie habe ihm schlechte Kinder geschenkt. Dafür schüttete ihm die Königin beim Essen Wein auf den Kopf.

Täglich ging der König zum Sohn und brüllte ihn an: »Es ist eine Schande, wie du dich benimmst. Diese idiotischen Hüte zu sammeln ist ja schon das Letzte. Aber musst du sie auch noch tragen? Kümmere dich lieber um unsere Jagdhunde.«

»Tu ich nicht«, sagte der Sohn. »Ich mag keine Hunde.«

»Und was geschieht mit meinen Hunden, wenn du einmal König bist?«

»Du weißt, dass ich nicht König werden will, sondern Metzger. Deine Hunde kannst du dir an die Krone stecken.«

Da gab ihm der Vater eine Ohrfeige. Der Sohn ließ sich das nicht bieten und trat dem Vater in den Hintern. So ging das jeden Tag, der Vater schlug dem Sohn ins Gesicht und bekam dafür einen Tritt ins Gesäß. Eine einzige Katastrophe die beiden.

1. Variation

Es war einmal ein König, dessen Sohn ein rechter Taugenichts war. Er war fett und sammelte Hüte, in deren Mitte er ein Loch hineinschnitt. Mit diesen Hüten zeigte er sich in der Öffentlichkeit. Der König war wenig begeistert von dieser Marotte, glaubte aber, der Sohn werde sie bald ablegen. Schlimmer war für ihn, dass der Sohn sich in eine Metzgerstochter verliebt hatte, die aussah wie das Hinterbein eines Schweins. Vergeblich versuchte er seinem Sohn klar zu machen, dass diese Frau nicht die Richtige für einen Prinzen sei. Der Sohn aber hörte nicht auf seinen Vater und ritt täglich ins Dorf, um die Metzgerstochter zu sehen. Zusammen aßen sie am Abend einen Teller Fleisch, das sie zubereitet hatte. Der Sohn wollte nichts anderes mehr essen.

Der Vater war verzweifelt. Täglich ging er in seinem Palasthof im Kreis und dachte nach. Wenn er zehn Kreise vollendet hatte, rief sein Diener: »Stopp, jetzt andersrum.« Weder er noch seine Berater kamen auf eine Lösung, wie sie den Sohn zur Vernunft bringen könnten. Der Diener sagte: »Es gibt Äpfel, die fallen weit vom Stamm.« Und die Berater meinten, gegen Liebe, die durch den Magen gehe, sei kein Kraut gewachsen. Wer nur Fleisch zu essen bevorzuge, dem sei nicht zu helfen. Thronfolger sollte lieber der Schwiegersohn werden.

Die Geschichte endete damit, dass der Prinz seine Metzgerin heiratete und den Laden ihres Vaters übernahm. Nachfolger des Königs konnte jetzt kein anderer werden als der Schwiegersohn, jener Italiener, der täglich Karussell fuhr, um sich für das Leben stark zu machen.

Als der König auf dem Sterbebett lag, dachte er: ›Schade, dass ich nicht mehr jung bin. Ich würde die beiden Mistkerle in den Schwitzkasten nehmen und ihnen mit dem Knie ins Gesicht treten.‹

Mit diesem Bild vor Augen schied er lächelnd aus dem Leben.

2. Variation

Es war einmal ein Prinz, der war kreuzunglücklich, dass er der Sohn des Königs war. Das Leben am Hof fand er fürchterlich. So streng, so ernst, so langweilig. Eines Tages, als er durch das Dorf ritt, das in der Nähe des königlichen Schlosses lag, sah er eine junge Frau am

Bachufer sitzen. Sie hatte rote Flecken im Gesicht, vorstehende Zähne und fette Beine. Als sie ihn anlächelte, war es um ihn geschehen. Er stieg vom Pferd und überquerte den Bach. Er wusste sofort, das war die Frau seines Lebens. Vor ihr auf die Knie sinkend, machte er ihr einen Heiratsantrag. Sie reichte ihm die Hand, und er küsste sie. Darauf holte sie einen Teller mit gebratenem Büffelfleisch aus dem Laden ihres Vaters. Beide verspeisten sie das Fleisch mit Wonne. Der Prinz hatte eine Erleuchtung: Er wollte nicht König werden, sondern Metzger. Das war seine Bestimmung.

Er sagte es seinem Vater. Der glaubte, nicht richtig zu hören. Als der Sohn seinen Wunsch wiederholte, schlug ihm der Vater mit der Faust ins Gesicht. Der Sohn knickte ein, blieb aber bei seinem Vorhaben.

»Ich will nicht auf den Thron. Ich will schlachten und Fleisch verkaufen. Zusammen mit meiner Geliebten. Wir sind nur glücklich, wenn wir Fleisch um uns haben, blutrotes.«

Zehnmal schlug der Vater ihn, einen Schneidezahn verlor der Prinz dabei. Aber die väterliche Überzeugungskunst versagte. Nach einer Unterredung mit seiner Frau griff der König zu anderen Mitteln.

Lächelnd kam er dem Sohn eines Morgens entgegen. »Bleibst du bei deiner Meinung?«

»Klar doch, was dachtest du denn? Ich werde Metzger«, sagte der Sohn. Seit dem Verlust seines Schneidezahns lispelte er.

»Dann geh doch zu deiner … Schlachterin«, sagte der Vater und begab sich zu seinen Jagdhunden.

Der Prinz setzte sich auf sein Pferd und ritt ins Dorf. Doch wie groß war sein Erstaunen, als er keine Metzgerei mehr vorfand. Der Laden war zerstört, und die Besitzer-Familie, so sagten die Leute, sei aus dem Lande gejagt worden.

Da ritt der Sohn nach Hause, kletterte auf den höchsten Turm des Schlosses und sprang hinunter.

Als der König erfuhr, dass sein Sohn sich zu Tode gestürzt habe, dachte er betrübt: ›Seltsam, so viel Charakter hätte ich dem Kerl gar nicht zugetraut.‹

3. Variation

Die Tochter des Metzgers Hauermann stand vor dem Spiegel. Sie wusste, dass sie potthässlich war, schwor sich jedoch, keinen geringeren als einen Edelmann zu heiraten. Vielleicht sogar einen Prinzen. Sie hatte nur eine Stärke: ihr Lächeln. An ihrem Körper waren einzig die Lippen wohlgeformt, und zwar so sehr, dass sie einen Mann um den Verstand bringen konnte, wenn sie lächelte, und das trotz ihrer vorstehenden Zähne. Jahrelang hatte sie vor dem Spiegel geprobt, im Zusammenspiel mit Augen und Gesichtsmuskeln konnte sie mit vielerlei Abstufungen lächeln. Dutzende von Heiratsanträgen hatte sie auf diese Weise bewirkt, aber nur von Handwerkern, Bauern und Beamten. Sie wies alle zurück und wartete auf ihren Edelmann.

Als sie eines Tages am Fluss saß und ihr Metallgeschirr mit Sand abrieb, erschien plötzlich der Prinz am anderen Ufer. Sie hatte ihn schon oft gesehen, aber nur aus der Ferne. Immer trug er diese komischen Hüte. Auch jetzt. Sie atmete tief durch und setzte ihr stärkstes Lächeln auf, eines, mit dem sie hätte zehn Bauernjungen anlocken können. Zufrieden stellte sie fest, dass es nicht ohne Wirkung blieb. Der Prinz stürzte sich augenblicklich ins Wasser und überquerte den Bach. Mit nassen Kleidern trat er vor sie hin und machte ihr einen Heiratsantrag. Darauf holte sie aus der Metzgerei einen Teller mit würzigem Büffelfleisch, und sie verspeisten es gemeinsam.

»Ein köstliches Gericht. Ich werde Vater davon erzählen«, sagte der Königssohn.

So geschah es denn auch. Der Prinz stellte dem Vater seine Braut vor. Der war vom Lächeln ebenfalls geblendet und küsste seiner zukünftigen Schwiegertochter auf den fetten Unterarm. Und nachdem er von dem Fleischgericht probiert hatte, welches ihm hingehalten wurde, kannte seine Begeisterung keine Grenzen. Fortan wollte er jeden zweiten Tag Büffelfleisch auf seinem Teller haben.

Die Königin und ihre Tochter waren keineswegs begeistert. Sie ließen sich durch das Lächeln der Metzgerstochter nicht beeindrucken. Der Schwager jammerte auf Italienisch: »Diese Frau, o Graus, ich kann sie nicht ansehen. Dann wird mir schlecht und ich muss sofort Karussell fahren.«

»So ein Miststück«, sagte die Königin zum König. »Merkst du denn nicht, dass sie eine Hexe ist, die euch verzaubert hat?«

»Hexe? Red kein dummes Zeug. Diese Metzgerstochter ist ein Segen fürs Land. Die weiß, was gut schmeckt.«

Die Königin sagte nichts, handelte stattdessen. Sie ließ die Metz-

gerstochter vergiften und ihre Familie außer Landes schaffen. Der König war zuerst verwundert über das Verschwinden der Metzgerin, dann betrübt, durchschaute die Vorgänge aber nicht. Der Sohn dagegen war verzweifelt und zornig zugleich. In einem Anfall von Rachsucht vergiftete er die Jagdhunde seines Vaters. Dieser war darüber derart entsetzt und bekümmert, dass er wenige Tage später starb.
So wurde sein Sohn zum Nachfolger erklärt. Kaum war er König, ließ er die sterblichen Überreste der Metzgerstochter aus dem Grab holen und sie neben sich auf einen zweiten Thron platzieren. Dem Totenschädel mit dem vorstehenden Gebiss setzte er seine eigene Krone auf, selber trug er einen seiner Hüte. Dann klatschte er in die Hände und erteilte allen am Hofe lebenden Personen den Befehl, seiner toten Frau die Hand zu küssen. So geschah es denn auch. Als Mutter, Schwester und Schwager voller Ekel seinen Befehl ausführten, lachte er und ließ sich einen Teller mit Büffelfleisch bringen.

Der Wunsch

Herbert Rauschenbach, ein Mann mittleren Alters mit hoher Stirn und Dreitagebart, stand auf dem Balkon seiner Einzimmerwohnung im ersten Stock und schaute hinaus auf die Straße. Zwei hübsche Mädchen in bunten Sommerkleidern gingen vorüber. Beim Anblick ihrer wohlgeformten Beine verspürte er aufsteigende Wärme im Unterleib. Herbert hatte schon lange keine Frau mehr geküsst, er versuchte sich vorzustellen, jene zwei Mädchen wären ihm zu Willen. Doch der Tagtraum endete damit, dass sich beide, kaum dass sie sich ausgezogen hatten, eine Zigarette ansteckten und ihm den Rauch ins Gesicht bliesen. Herbert aber war Nichtraucher. Missmutig schob er eine Haarsträhne, die ihm ins Gesicht fiel, hinters Ohr und ging ein sein Zimmer zurück.

Zu seiner Überraschung saß eine junge Frau in seinem Ledersessel und lächelte ihm wohlwollend zu. Sie trug ein dunkelrotes, goldbesticktes Kleid, und ihr Haar war kunstvoll mit Klammern festgesteckt.

Herbert blieb stehen. »Wer bist du?«

»Ich habe Mitleid mir dir und erfülle dir deinen Wunsch«, sagte sie.

»Wie ... wie kommst du hierher?«

Plötzlich löste sie sich in Luft auf und saß dann auf dem Kleiderschrank. Sie schien selber verwundert, dass sie da oben saß. »Nanu, ich wollte doch ...«

»Bist du eine Fee?«, fragte Herbert.

Sie nickte. »Du hast es erraten. Du hast einen Wunsch frei.«

»Warum tust du das für mich?«

»Ich beobachte dich schon lange. Du hast neulich der alten Frau Glaubert zugehört und du hast der halb verhungerten Nachbarskatze zu fressen gegeben.«

›Super‹, dachte Herbert erfreut. Er überlegte nicht lange und sagte: »Du weißt, was ich mir wünsche?«

»So, wie du den beiden Mädchen nachgeschaut hast, ist es nicht schwer zu erraten.«

»Genau. Ich wünsche mir eine junge hübsche nackte Frau, die mir zu Willen ist.«

»Dein Wunsch ist mir Befehl«, sagte die Fee und löste sich in Luft auf.

Plötzlich stand eine entzückende blonde Frau in langem schwarzen Pelz vor ihm. Herbert freute sich, aber gleich darauf fragte er sich, ob die Fee wirklich seinen Wunsch erfüllt hatte. Nicht nur trug die Blonde einen Pelz, sie schien auch verängstigt zu sein; krampfhaft hielt sie ihren Mantel mit beiden Händen geschlossen. Herbert war sicher, die würde schreien, sobald er sie nur anrührte.

»He, die schottet sich erstens ab, und zweitens hat sie Angst vor mir«, rief Herbert laut und schob sich die lästige Haarsträhne hinters Ohr. Nichts geschah. ›So ein Beschiss‹, dachte er.

Nach einer Weile rumpelte es, und unter dem Tisch kroch die Fee hervor. Sie wischte sich die Handflächen an ihrem dunkelroten Kleid sauber, und dann betrachtete sie verwundert die ängstliche Frau im Pelz von allen Seiten.

»Stimmt«, sagte sie und schaute der Wunschfrau auch unter den Mantel. »Hm, sie trägt außerdem noch ein Kostüm und … nein, das ist wirklich ein Fehler gewesen. Warte.«

Herbert stellte sich ans Fenster und steckte sich einen Kaugummi in den Mund. Was würde jetzt geschehen? Plopp, die Frau im Pelz verschwand. Eine andere erschien, diesmal eine Brünette, sie war zwar nackt, aber dafür alt und fett, ihre Haut war voller Runzeln und Flecken, die Brüste hingen ihr bis zum Bauch.

Herbert hielt mit dem Kauen inne, verzog sein Gesicht und krümmte sich vor Übelkeit. »Ich habe mir doch eine junge Frau gewünscht und keine alte«, rief er laut und schaute zur Seite. Nichts geschah. ›Herrgott, Ungeschickt lässt grüßen‹, dachte er.

Nanu, etwas bewegte sich auf dem Balkon. Dort stand die Fee und machte ihm ein Zeichen. Er öffnete ihr die Tür, sie kam herein.

»Ich weiß einfach nicht, was ich falsch mache«, sagte sie und biss sich auf die Lippen. »Das ist ja wie verhext. Ich probiere es noch einmal.«

Herbert produzierte Knallgeräusche mit seinem Kaugummi. Was würde jetzt dabei herauskommen? Wieder machte es Plopp.

Endlich, diesmal war es eine junge, nackte Frau mit langem schwarzen Haar. Hm, die sah feurig aus. Das Problem war nur, sie steckte in einem Metallkäfig, und der Eingang war verschlossen. Herbert machte einige Schritte um den Käfig herum. Die Frau schien in Ordnung zu sein, sie lächelte ihn verführerisch an. Herbert schob sich die Haarsträhne hinters Ohr und knallte mit dem Kaugummi. »Nicht schlecht«, meinte er. »Die Frage ist nur: Wie komme ich da rein?«

Die Fee ließ zuerst den Kopf hängen. ›Jetzt hat sie keine Lust mehr‹, dachte Herbert. Aus der Traum. Doch zu seiner Überraschung rief sie: »Ich zaubere dir einen Schlüssel.«

Alles, was die Fee jedoch zustande brachte, war ein krummer Nagel. Auch der zweite Versuch schlug fehl, Herbert hielt eine verbogene Kuchengabel in der Hand. »Das ist mir zu blöd. Zaubere den Käfig weg«, sagte Herbert ungeduldig.

Die Fee machte eine Handbewegung, im nächsten Augenblick verschwand Herberts Bett. »He! Doch nicht mein Bett!«

»Entschuldige, ich habe ... ich meine, ich bin noch nicht so geübt darin.«

Sie zauberte Herberts Bett zurück; war es vorher jedoch blau gestrichen gewesen, hatte es jetzt einen grünen Anstrich.

Herbert winkte ab. »Weißt du was? Ich besorge mir einen Dietrich. Und du solltest erst mal lernen, wie man gescheit zaubert.«

»Warte«, rief die Fee, als Herbert schon an der Tür stand. »Es ist mir so peinlich. Aber ich weiß, wie ich das Problem lösen kann.«

Herbert drehte sich langsam um. Allmählich nervte ihn die Fee. Es machte Wusch, und der Käfig nebst Insassin waren verschwunden. Auf dem Sofa aber saß eine hübsche junge Frau, nackt. Herbert näherte sich ihr und musterte sie von oben bis unten. Ja, sie sah gut aus und roch wunderbar. Genau so eine hatte er sich gewünscht. Aufatmend strich er sich die Haarsträhne hinters Ohr. Er beugte sich zu ihr hinunter, merkte im letzten Moment jedoch, es war die Fee höchstpersönlich. Nur ihre Frisur hatte sich verändert, die Haare waren nicht mehr mit Klammern festgesteckt, sondern hingen bis zu ihren Brüsten herab. Er schnellte hoch und machte einen Schritt zurück. Was jetzt? Nach einer Weile knallte er mit dem Kaugummi.

»Das geht nicht. Mit einer Fee habe ich es noch nie gemacht. Und womöglich zauberst du mir Petersilie auf den Kopf statt Champagner ans Bett.« Er machte eine wegwerfende Bewegung mit der Hand. »Nein, ich verzichte. Habe die Ehre.«

Er drehte sich um und verließ den Raum. Die junge Fee aber war untröstlich und brach in Tränen aus.

Dämon

»Wie heißen Sie? Dämon?« Ilonka blickte auf und sah den Mann vor sich belustigt an. Er war klein, schmächtig, trug Hosen von undefinierbarer Farbe und ein weißes Hemd, aus der Brusttasche lugte ein schwarzer Kamm. »Herr Dämon?« Er wich ihrem Blick aus, hüstelte verlegen. Das war in ihren Augen kein Mann, eher ein Männchen.

»Ganz richtig. Wenn Sie so wollen, bin ich ein Dämon für Damen«, sagte er mit einem schiefen, aber reizenden Lächeln.

Sie machte einen Schritt zurück. »Oh«, rief sie. »Ich hoffe, Sie tun mir nichts.«

»Nein«, sagte er, »ich komme nur nachts, wenn man mich ruft.«

»Sie machen mir ja Angst, Sie Scherzbold.« Sie lachte, gab ihm die Karte zurück und deutete mit ihrer Hand auf eine Tür. »Setzen Sie sich ins Wartezimmer. Sie kommen gleich dran.«

»Ich scherze nicht. Probieren Sie's mal, rufen Sie mich«, sagte er und verschwand im Wartezimmer.

»Herr Dämon, nachts haben Sie bei mir nichts zu suchen«, sagte Ilonka und hätte beinahe hinzugefügt: »Da brauche ich einen richtigen Mann.«

In der Nacht, als sie bereits im Bett lag, fiel ihr der lustige Name des Patienten ein. Dämon. Was hatte er gesagt? Wenn sie ihn nachts rufe, komme er? Ein netter Mann war das, so klein und schüchtern. Nichts für sie. Sie bräuchte einen großen starken Mann. Der dürfte aber ruhig das Lächeln dieses kleinen Herrn Dämon haben.

»So komm doch her, mein kleiner Dämon«, rief sie vergnügt und schmiegte ihren Kopf ins Kissen. »Komm doch, wenn du dich traust.«

Aus einmal ertönte ein Zischen, wie es ihre Kaffeemaschine von sich gab. Und sie merkte, dass auf dem Bett jemand saß.

»Da bin ich«, rief eine Männerstimme.

Sie erschrak, knipste das Licht an. Zuerst sah sie nur eine Art Wolke, die sich verdichtete. Und dann erkannte sie ihn. Es war in der Tat der Patient von heute früh. Er wirkte jedoch aufgeblasen wie ein Luftballon. Immer wieder schwebte er in die Höhe, kam dann nach einer Weile herunter, wobei es zischte und blubberte.

»Was wollen Sie?«, schrie sie ängstlich und zog die Bettdecke bis zum Hals hoch.

»Das frage ich Sie. Sie haben mich doch gerufen«, sagte er und setzte sein reizend schiefes Lächeln auf.

»Ich wollte nur ausprobieren, ob es stimmt, was Sie heute früh gesagt haben. Ich hielt es für einen Scherz.«

»War aber keiner. Jetzt haben Sie den Salat. Sie müssen mit mir etwas anfangen«, sagte der Dämon und stieg wieder in die Höhe.

»Ich weiß nicht. Am Besten, Sie gehen wieder.«

Er schüttelte den Kopf. »Man kann mich nicht einfach rufen, ohne mir einen Auftrag zu erteilen.«

Ilonka zitterte. »Ich weiß nicht. Schlagen Sie etwas vor.«

Der Dämon hatte keine Idee, druckste herum, und zuletzt sagte er: »Äh, wie wär's mit einer ... hehe ... Massage?«

»Das habe ich kommen sehen. Nein, das will ich nicht«, kreischte sie und schob sich die Bettdecke bis zur Nasenspitze hoch. »Sie könnten vielleicht Staub wischen und den Abfall rausbringen.«

»Ist das alles?«

Ilonka nickte, noch immer zitternd.

»Wollen Sie sich nicht verwöhnen lassen?«

Ilonka schüttelte den Kopf. Eine Massage von einem Geist, nein, das schien ihr doch zu unheimlich. Da klatschte der Dämon in die Hände, und wenige Augenblicke später war die Tat vollbracht. Er verbeugte sich, wobei er wieder in die Höhe stieg. Mit erhobenen Armen und mitleidiger Miene löste er sich auf.

Ilonka starrte eine Weile im Zimmer umher, schaute in alle Winkel, ob er nicht doch irgendwo steckte. Dabei murmelte sie: »Wo ... wo bist du? So bleib doch da, kleiner Dämon. Ich hab's mir anders überlegt.«

Aber sooft sie ihn rief, der Dämon ließ sich nicht mehr blicken. Da verzog Ilonka ihr Gesicht zu einer Grimasse, schlug mehrmals mit der flachen Hand auf ihre Bettdecke und raufte sich die Haare. Sie wusste: Diese Nacht würde sie nicht mehr schlafen.

Meldungen,
Meinungen,
Mitteilungen

Ländertausch

Nun ist es vollbracht. Der Bundeskanzler der Bundesrepublik Deutschland und der Ministerpräsident der Türkei setzten ihre Namen unter einen Vertrag, der in der Weltgeschichte seinesgleichen sucht: Es ist die Abmachung zwischen Deutschland und der Türkei, für den Zeitraum von 99 Jahren ihre Länder zu tauschen. Mit anderen Worten: Die Deutschen gehen in die Türkei, die Türken ziehen nach Deutschland. Start: in fünf Jahren.

Wie ist es dazu gekommen? Eine Reihe von Umfragen, die in den letzten Jahren zur Stimmungslage des deutschen Volks erhoben wurden, ergaben, dass die Mehrheit der Deutschen unzufrieden sei. Wichtigste Gründe dafür waren:

1. Das zunehmend schlechte Wetter, zu viel Regen, zu wenig Sonne.
2. Die Überorganisiertheit des Lebens.
3. Angst vor der Zukunft, Angst vor Technik total.
4. Grenzenlose Langeweile resultierend aus Mangel an echten Zielen. (Es sei schon alles erreicht.)
5. Es gibt zu viele Türken in Deutschland.

In der türkischen Bevölkerung zeichnete sich ebenfalls ein Übermaß an Unzufriedenheit ab, größtenteils hervorgerufen von der wirtschaftlichen Rückständigkeit des Landes. Ein gerüttelt Maß an Missmut dürfte aber auch auf Korruption und Vetternwirtschaft sowie auf schlechte Ausführung der Staatsgeschäfte zurückzuführen sein. Die meisten Türken sehen keine Zukunft für ihr Land, fast jeder Türke träumt davon, in Deutschland zu arbeiten, wo die Rahmenbedingungen stimmen, und dort sein Glück zu machen. Bei einem Treffen beider Regierungschefs vor drei Jahren – es war gerade die Zeit des Ramadan und des Karnevals – kam man bei einem gemütlichen Plausch vor dem Kaminfeuer auf diese phantastische Idee. Durch den Ländertausch könnte man beide Völker glücklich machen. Die Deutschen bekämen das, was sie brauchen, die Türken ebenfalls.

Unglaublich, aber wahr – was den meisten wie eine Schnapsidee erschien, wurde im Laufe von mehreren Jahren vom Schnaps befreit und als Zukunftsplan deklariert, dem die Zielvorstellung zugrunde liegt, beiden Völkern einen positiven Impuls zu geben und damit eine Aufhellung der düsteren Stimmung zu bewirken.

Bei den Volksabstimmungen, die kürzlich in beiden Ländern durchgeführt wurden, kamen deutliche Mehrheiten zustande: In Deutschland waren es 61,2 Prozent, die für den Ländertausch stimmten (Wahlbeteiligung 68 Prozent), in der Türkei waren es 78 Prozent (Wahlbeteiligung nur 55 Prozent).

In weniger als sechs Monaten wurde eine Art Grundlagenvertrag erstellt und unterschrieben. Demnach wird der Ländertausch in fünf Jahren beginnen. Man rechnet damit, dass er sich bis zu 25 Jahren hinzieht. Ob es wirklich dahin kommt, dass beide Völker ihre Länder tauschen, bleibt abzuwarten. In fünf Jahren wird noch viel Wasser den Rhein hinunterfließen. Außerdem finden im nächsten Jahr Bundestagswahlen statt.

Schon jetzt protestieren bestimmte Gruppen gegen diesen Plan. Da sind an erster Stelle die deutschnationalen Verbände zu nennen, die sich weigern werden, deutschen Boden zu verlassen. In der Türkei sind es die Fundamentalisten, die befürchten, in Deutschland mit islamfeindlichen Ideen konfrontiert zu werden. Die Kurden indes freuen sich über den Plan, hoffen sie doch, dass die Deutschen es durchsetzen, dass ihnen ein Stück Land mit Autonomiestatus zugeteilt wird. Sie wollen die Türkei nicht verlassen.

Ein Großteil der Deutschen aber freut sich, in den Süden ziehen zu dürfen: Da gäbe es etwas zu tun, wie damals in der Nachkriegszeit, als Deutschland wieder aufgebaut werden musste. Sonne und Meer würden auf sie warten, was wollten sie mehr.

»Wir werden das Land in eine blühende Gartenlandschaft verwandeln, in der Milch, Honig und Bier fließen«, meinte Holger Dümpel, Vorsitzender der Arbeitgeberverbände.

Auch die Gewerkschaften sind von der Idee des Ländertausches angetan. DAG-Gewerkschaftsboss Jens Hufnagel reibt sich die Hände und träumt schon von Vollbeschäftigung, und HBV-Chef Dieter Prellbock meint: »Uns kann es nur recht sein. In der Gewerkschaft hatten wir allmählich das Gefühl, wir seien überflüssig geworden. Aber jetzt wachen wir auf. In der Türkei werden wir allen zeigen, was eine Harke ist.«

Die Blumenbombe

Der deutsche Physiker Professor Adrian Abkratz, schon seit Jahren in der Friedensbewegung tätig, entwickelte als Gegenstück zur Atombombe eine Blumenbombe. Seiner Meinung nach sollten sich nicht nur einzelne Menschen, sondern auch ganze Völker mit einem Sträußchen beglücken, statt einander Tod und Verderben zu bringen. Wenn jedes Volk dem anderen Gutes täte, dann setzte eine Kettenreaktion ein: Jedes beglückte Volk würde sich öffnen und seinerseits Gutes verbreiten, denn Gutes werde bekanntlich mit Gutem vergolten.

Die Blumenbombe macht es möglich. Sie schleudert Millionen von Blumen durch die Luft, wenn sie explodiert, aber so langsam, dass nichts und niemand geschädigt wird. Der Prozess der Explosion zieht sich bis zu vier Stunden hin.

Versuchsweise wurde kürzlich solch eine Blumenbombe über der norddeutschen Stadt Miefstetten abgeworfen. Die Einwohner waren Stunden zuvor davon unterrichtet worden, dass sie mit einem großen Blumenstrauß beglückt werden sollten – was das aber bedeutete, hatte keiner auch nur ahnen können.

Die Straßen und Häuser der Stadt waren in wenigen Stunden mit Blumen übersät. Knietief sanken die Bewohner in ein Meer von Lilien, Narzissen, Gladiolen, Nelken, Dahlien, Margeriten und dornenlosen Rosen in allen Farben. In manchen engen Straßen stand ihnen die Blumenpracht bis zum Halse. Miefstetten duftete betörend, »wie eine parfümierte Prinzessin zur Hochzeit«, meinte der Bürgermeister Jochen Löttel später. Wie im Rausch sanken sich die Miefstettener in die Arme, küssten sich, sangen Lieder und tanzten, so gut das im Blumenmeer möglich war. Aus ihrem Rausch erwachten sie erst nach einigen Tagen, als die Blumen verwelkt waren. Und erst eine Woche nach dem Abwurf der Friedensbombe begann sich das Leben in der Stadt zu normalisieren. Der Arbeitsausfall führte in den Miefstettener Betrieben zu einem Verlust von mehreren Millionen Euro. Aber niemand klagte. Alle Miefstettener, Arbeitgeber wie Arbeitnehmer, Beamte wie Nichtbeamte, Männer und Frauen, Jung und Alt – sie alle erlebten herrliche, unvergessliche Tage, die ihnen den finanziellen Schaden leicht ersetzten. Was sie verloren hatten, holten sie mit doppelter Arbeitskraft wieder rein. Mehrere Wochen nach den Glückstagen stellten viele Frauen verwundert fest, dass sie schwanger waren. Der Ärzteverband von Miefstetten sagte eine Kinderschwemme im nächsten Jahr voraus.

Die Blumenbombe scheint also auch dem Nachwuchsschwund entgegenzuwirken, unter dem die westliche Welt so zu leiden hat. Kein Wunder also, wenn Professor Abkratz der Bundesregierung seine Blumenbombe unter Hinweis auf das Miefstettener Experiment als geeignetes Mittel gegen den bedrohlichen Geburtenrückgang anbietet. Wenn die Regierung dieses Mittel tatsächlich anzuwenden gedenkt, dann dürfte es bald in manchen deutschen Städten Blumen regnen.

Die Reaktionen im Ausland auf die Erfindung und Anwendung der Blumenbombe waren gemischt, eher sogar negativ. Vor allem bemängelte man den Arbeitsausfall, der mit der Wirkung der Explosion einherging, daneben befürchtet man unvorhergesehene Langzeitwirkungen sowie Suchteffekte und damit ein Sinken der Arbeitsmoral.

Nur drei Länder begrüßten die Erfindung von Professor Abkratz ohne Vorbehalt: Liechtenstein, Honduras und die Fidschi-Inseln. Sie bestellten je eine Blumenbombe. Es fragt sich jedoch erstens, ob sie diese bezahlen, und zweitens, ob sie sie brauchen können.

Reportage aus der Zukunft: Tourismusbranche im Kampf gegen Rechts

Endlich zeichnet sich in Deutschland ein Erfolg im Kampf gegen den Rechtsradikalismus ab. Deutsche und internationale Reiseunternehmen organisieren seit Anfang des Jahres so genannte Schlägerfahrten nach Ostdeutschland, wo Touristen sich nach Herzenslust mit glatzköpfigen Neonazis prügeln können und dürfen. Ähnlich wie bei Boxkämpfen hat man Sporthallen gemietet und Arenen eingerichtet, in denen Tausende von Zuschauern Platz finden. Vorreiter bei der Durchführung der Schlägerfahrten war die TBI (Touristikbörse International). Sie erkannte die Marktlücke und entwickelte ein Konzept, das die meisten Politiker überzeugte. Der Bundeskanzler, der schon vor drei Jahren eine Kampagne gegen Rechts gestartet hatte, musste zugeben, dass mit politischen Maßnahmen bisher nicht viel erreicht worden war. Erst jetzt, seitdem man das Problem auf originelle Weise angeht, scheint man es in den Griff zu bekommen.

Bei den Schlägerfahrten handelt es sich um Rundreisen in Ostdeutschland mit Aufenthalten in Regionen, wo die Zahl von rechtsradikalen, ausländerfeindlichen und gewaltbereiten Menschen unter der Bevölkerung besonders groß ist. Diese werden gegen ein stattliches Honorar für Schaukämpfe angeworben. Man organisiert sowohl Zweikämpfe wie auch Gruppenkämpfe mit maximal sechs Personen (drei gegen drei). Als Waffen sind nur Daunenkissen und spezielle Baseballschläger aus Plastik mit Schaumstoff-Verkleidung erlaubt. Selbstverständlich wird nach Regeln gekämpft; beispielsweise sind Spucken, Treten und Beißen verboten. Und natürlich wird nicht jeder auf jeden losgelassen – wie beim Boxkampf gibt es Gewichtsklassen.

Schon jetzt zeigen sich eindrucksvoll die positiven Folgen der Schlägerfahrten: An erster Stelle ist die Ventilfunktion zu nennen. Die harten Jungs von Rechts können endlich Dampf ablassen, ohne bestraft zu werden. Dass die Aggressionen kontrolliert herausgelassen werden, unter Einhaltung bestimmter Regeln, dafür sorgt ein Schiedsrichter. Zweitens werden die Aggressionen besser verteilt, Ausländer beteiligen sich an ihrer Entschärfung, indem sie nicht nur einstecken, sondern auch austeilen. Drittens ist der wirtschaftliche Faktor zu nennen. Der Inlandstourismus, der besonders in den neuen Bundesländern erlahmt war, bekommt einen kräftigen Schub. Man schätzt, dass der Umsatz der Schlägerfahrten bis zum Ende des Jahres auf mehrere Millionen ansteigen wird. Und dadurch, dass rechte Gewalt in geordnete Bahnen gelenkt wird, erhöht sich die Sicherheit auf den Straßen. Die Polizei wird entlastet. Somit dürften ausländische Firmen wieder Mut fassen und sich vermehrt in Ostdeutschland ansiedeln.

Aber der größte Vorteil scheint darin zu bestehen, dass die Neonazis, die sich vor allem aus den Reihen junger Arbeitsloser rekrutieren, sich auf diese Weise, wenn auch nur vorübergehend, einen Arbeitsplatz schaffen. Als Freiberufler können sie (im Rahmen der Möglichkeiten) Maß und Qualität ihres Einsatzes selbst bestimmen. Der Durchschnitts-Stundenlohn, den man als rechtsradikaler Schläger bei einem Kampf erhält, beträgt zurzeit das Doppelte von dem, was eine Putzfrau verdient. Bei diesem Stundensatz dürfte sich so mancher überlegen, ob er nicht auch in den Ring steigt, selbst wenn er nicht rechtsradikal gesinnt ist. Doch um als Nazi-Schläger eine Zulassung für solche Schaukämpfe zu erhalten, muss man Mitglied einer rechtsradikalen Partei sein. Die Altersgrenze liegt bei 45 Jahren. Ein geschorenes Haupt ist kein Muss, erhöht aber die Glaubwürdigkeit. Ein Arier-Nachweis ist ebenfalls nicht nötig, aber blond und blauäugig zu sein, ist ein Vorteil.

Im Verbund mit den Krankenkassen haben die Gewerkschaften durchgesetzt, dass alle Teilnehmer bei den Kämpfen Kopfschutz und Eishockey-Kleidung tragen müssen.

Die Schlägerfahrten finden im In- und Ausland zunehmend Resonanz. Allein in den ersten Wochen ihrer Bekanntwerdung haben Tausende von Ausländern eine Fahrt gebucht, vorwiegend Amerikaner und Engländer. Der größte Teil von ihnen bleibt jedoch passiv und wohnt dem turbulenten Geschehen in der Arena als Zuschauer bei. Nur zehn Prozent der Teilnehmer sind gewillt, gegen einen Neonazi oder – in der Gruppe – gegen mehrere anzutreten. Für einen Touristen ist eine aktive Teilnahme mit einem Aufpreis verbunden. Außerdem muss er eine Krankenversicherung vorweisen; fehlt eine solche, kann er gleich eine abschließen. Manche Reiseunternehmen verteilen an Touristen-Schläger eine Urkunde, die ihnen bescheinigt, am Kampf gegen Hitlers Erben teilgenommen zu haben.

Da der Andrang riesig ist, befürchtet man, dass bald nicht mehr genügend gewaltbereite Neonazis zur Verfügung stehen könnten. Doch der Abteilungsleiter der Inlandsreisen bei der TBI, Dr. Werner Haudrauf, der zu den Erfindern und Organisatoren der Schlägerfahrten gehört, meint, dass man bei Bedarf Gastarbeiter aus Skandinavien oder Osteuropa holen könne. Die TBI habe schon ihre Fühler ausgestreckt. Auch wolle man bei diesem Problem mit rechtsradikalen Parteien zusammenarbeiten. Die NPD-Führung habe der TBI schon signalisiert, dass man gegen Entrichtung einer noch zu bestimmenden Gebühr bereit sei, solchen Gastarbeitern Dreimonatsmitgliedschaften zu gewähren. Für Schläger aus Nicht-EU-Ländern müsse eine neue Greencard geschaffen werden, sagte Dr. Haudrauf. (Unter vorgehaltener Hand meinte er zum Scherz, man könne zu diesem Zweck per Greencard wiederum Inder ins Land holen und als Neonazis kämpfen lassen, denn das seien doch die eigentlichen Herrenmenschen, die echten Arier, über die sich Nietzsche so lobend geäußert habe.)

Wer glaubt, dass es sich bei den Schlägereien zwischen Touristen und Neonazis um eine Art von Kasperle-Theater mit lebenden Puppen handelt, der irrt sich gewaltig. Es gab schon mehrere Verletzte. Einem Amerikaner wurde der Oberarm gebrochen, und das mit einem Schaumstoff-Baseballschläger. Ein Neonazi trug einen Hirnschaden davon, seitdem verwechselt er links und rechts.

Alles in allem muss man gestehen – die Schlägerfahrten sind ein Segen für das Land. Sie zeigen überdies, dass man kaum lösbaren Problemen nur mit ungewöhnlichen Ideen beikommt. Kritiker befürchten jedoch, dass die Probleme nicht wirklich gelöst werden. Die Vermarktung rechter Gesinnung bringe nur Unheil, letzten Endes werde sie verbreitet. Diese Befürchtung scheint sich zu bewahrheiten. Vertreter von Disney World planen ähnliche Kämpfe in ihren Kunstwelten zu organisieren. Ob dann Neonazis gegen Micky-Mäuse antreten müssen?

Die Lachdose

Der bekannte Ingenieur Ruppin Boks – in seinen Adern fließt das Blut der sagenumwobenen Hethiter und Samarier – hat nach langer Zeit wieder einmal Sensationelles erfunden. Seine letzte Idee stieß nur auf Unverständnis: Männerunterhosen, die man abreißen konnte, ohne dass sie kaputt gehen. Welcher Mann will das schon – dass ihn eine Frau sozusagen überfällt und mit einem Ratsch enthost? Einzig der Bürgermeister von München konnte diesem letzten Schrei der Männermode einen Reiz abgewinnen. Er bestellte sich ein Dutzend farbige Boks-Unterhosen. Es geht das Gerücht, dass seine Frau dahinter steckt; sie ist für ihre Wildheit bekannt.

Die neue Idee hat's in sich: Sie nennt sich Lachdose, genauer gesagt ist es eine Lachsteckdose. Dabei handelt es sich um einen kleinen Kasten, der ähnlich wie eine Steckdose zwei Löcher hat und an eine elektrische Leitung angeschlossen werden muss, am besten an der Wand. Die Löcher aber sind – o Wunder – für Finger gedacht. Steckt man nämlich zwei Finger hinein, überkommt einen nach kürzester Zeit ein Lachkrampf; ein Kitzeln, ein Sirren und Vibrieren überträgt sich auf den ganzen Körper und erzeugt unwiderstehliche Lachlust. Ein kleiner Elektromotor, der auch mit Batterien betrieben werden kann, bewegt mehrere winzige Bürsten, und diese reizen die Fingerkuppen auf noch unbekannte, von Boks aber genau erforschte und berechnete Weise. Von den Fingerkuppen werden die Reize auf bestimmte Reflexzonen der Handfläche weitergeleitet, und diese wiederum korrespondieren mit bestimmten Hirnbereichen, wo die Lachlust geweckt wird und sich auf den ganzen Körper überträgt. Die Funktionsweise im Einzelnen kennt niemand genau. Betriebsgeheimnis. Wie dem auch sei – einer, der es wagt, seine Finger in Boks' Lachdose zu versenken, tankt für den ganzen Tag gute Laune, er mag noch so mies gestimmt sein, die Lachdose wendet sein Inneres um hundertachtzig Grad. Ideal für Morgenmuffel, Miesepeter, Misanthropen und Mimosen. Die Lachdose wird von mehreren Firmen produziert und Anfang des kommenden Jahres in allen Kaufhäusern angeboten.

Die Stimmung der deutschen Bevölkerung aufzuhellen wird jedoch nicht die einzige Aufgabe der Lachdose bleiben. Man denke nur an Drogenabhängige, an Depressive in den Nervenkliniken oder an schwer kranke Menschen. Für sie alle dürfte die Lachdose ein Segen sein. Die Lachdose birgt ein ungeahntes Potenzial an Verwendungsmöglichkeiten. Großes Interesse an Boks' Erfindung zeigt auch die Polizei. Sie erhofft sich eine Verbesserung des Dialogs mit Straftätern. Es wurden schon einige Versuche an rechtskräftig verurteilten Straftätern durchgeführt, die sich bislang weigerten, Aussagen über Tathergang, Tatwaffe und Verbleib der Beute zu machen.

Die Münchner Polizei erprobe die Lachdose an Karl Kron, dem bekannten Erpresser, der vor zwanzig Jahren die Tochter des Puddingproduzenten Alfons Braunkohle entführte und zehn Millionen Mark erbeutete. Zwar schnappte ihn die Polizei nach wenigen Wochen intensivster Fahndung, doch konnte sie bis heute nicht herausfinden, wo Kron die Millionen versteckt hatte. Trotz unzähliger Verhöre und Gespräche mit Psychotherapeuten schwieg der Verbrecher eisern. Kron ist ein finsterer Geselle, einer, der nie lacht, kaum spricht und ständig ein Gesicht zieht, als habe man seine Mutter ermordet. Alle Gefängnisinsassen machen einen Bogen um ihn, weil er dafür bekannt ist, schlechte Stimmung zu verbreiten, selbst wenn er schweigt.

Kaum hatten die Beamten seine derben Finger in die Lachdose gepresst – sie passten kaum hinein –, da ging ein Leuchten durch sein Gesicht. Er lächelte, und plötzlich prustete er los, als habe man ihn bis zum Hals in eiskaltes Wasser getaucht. Er erhob sich, knuffte einem Beamten freundschaftlich in die Seite und wünschte ihm ohne Anlass alles erdenklich Gute, einem anderen sagte er, er solle nicht so grimmig schauen, das mache ihm Angst. Danach meinte er, sie alle sollten zusammen ein Bier trinken gehen, er gebe eine Runde aus. Am Ende erzählte er Witze, die so gut waren, dass sich unsere Beamten vor Lachen krümmten, und wenn Oberkriminalinspektor Schunkel vom BKA keinen klaren Kopf behalten hätte, dann hätte niemand mehr an den Auftrag gedacht, der mit der Erprobung der Lachdose verbunden war. So fragte Schunkel den gut gelaunten Kron nach den verschwundenen Millionen. Der Schwerverbrecher umarmte Schunkel und flüsterte ihm das Versteck ins Ohr, kniff ihm dann liebevoll in den Unterarm und meinte: »Nicht schlecht, was? Wärt ihr in tausend Jahren nicht drauf gekommen.«

Das stimmt allerdings. Wer hätte denn unter den Balkonfliesen eines Wohnhauses irgendwo in einer mitteldeutschen Kleinstadt gesucht, wo Kron unbekannterweise eine Nacht verbracht hatte. Eines steht fest: Boks' Erfindung wird die Welt verändern. Ihn aber auch. Der Mann ist heute schon mehrfacher Millionär – bevor der erste Apparat überhaupt verkauft worden ist. Man hat Boks übrigens noch nie lachen sehen.

Telewasser

In den USA hat Nobelpreisträger Joseph Khan, Professor für Biochemie in Princeton – in Fachkreisen auch der »Hexenmeister« genannt – eine Flüssigkeit entwickelt, die einen Menschen dazu befähigt, sich telepathisch mit Personen seiner Umgebung in Verbindung zu setzen: Personen im Umkreis von zehn Metern hören etwa fünfzig Minuten lang alles, was derjenige denkt, der diese Flüssigkeit eingenommen hat. Es wurden mehrere Versuche zur Erforschung der Verwendungsmöglichkeiten dieses »Telewassers« unternommen. So hielt Professor Khan zum Beispiel einen »stummen Vortrag«, das heißt er dachte seinen Vortrag, um seine Stimme zu schonen, und Studenten hörten ihm im Geiste zu. Man stelle sich vor: Da hocken vierzig Menschen in einem Raum und schweigen konzentriert.

Leider ließen sich »Nebengeräusche« nicht vermeiden: Da Professor Khan während seines Vortrags – wenn auch nur am Rande – an den Ehekrach denken musste, unter dem er und seine Familie gerade zu leiden hatten, und an seine Schmetterlingssammlung, mit der er sich in seiner Freizeit zu beschäftigen pflegt, und da er seine vielen Assoziationen nicht abstellen konnte, hörten die Studenten allerlei Dinge, die nicht zum Vortrag gehörten. Manche der Studenten sahen vor ihrem inneren Auge sogar Schmetterlinge in Großaufnahme. Die Rede des Professors glich zeitweilig einem unscharf eingestellten Radiosender. Die meisten Studenten wurden käsebleich, als sie sekundenlang eine keifende Frauenstimme hörten.

Ein anderer Versuch zeigte, welch große Macht die in eine Richtung fließende Telepathie haben kann, und dass man daher das Telewasser – um einem Missbrauch vorzubeugen – niemals in falsche Hände geben sollte.

Der Dirigent und Komponist Dietrich Schongau trank während einer Bahnfahrt vom Telewasser und zwang die Fahrgäste seines Abteils dazu, die von ihm im Geiste gespielte fünfte Sinfonie von Beethoven in voller Lautstärke zu hören. Die Fahrgäste glaubten zunächst, die Musik käme von außen und blickten daher verwirrt um sich. Als sie jedoch weder ein Radio noch Orchester ausmachen konnten und allmählich merkten, dass die Musik ungewollt aus ihrem Innern kam, waren sie schockiert. Sie begannen sich irritiert zu fragen, was das sei, woher dieser Musik komme. Da aber niemand Auskunft geben konnte, reagierte jeder unterschiedlich auf die »Diktatur Beethovens Fünfter«. Ein Herr schüttelte ständig den Kopf, in der Meinung, die Musik abschütteln zu können. Ein anderer verdrehte die Augen, so, als wäre ihm schwindlig. Das Gesicht einer korpulenten Dame nahm einen tranceartigen Ausdruck an, sie stierte blöde vor sich hin und neigte ihren Oberkörper vor und zurück. Eine andere, junge Dame rieb sich die Schläfen mit Tropfen ein. Die Verwirrung nahm zu, als der Musiker die Tempi der Sinfonie im Geiste beschleunigte, Schlagermusik dazwischenschaltete und zudem dröhnende Orgelklänge ertönen ließ. Die unfreiwilligen Konzertteilnehmer begannen durcheinander zu schreien und ihre Köpfe gegen die Sitzbänke zu schlagen. Nach und nach verließen sie fluchtartig das Abteil.

Nur eine alte Dame schien sich über das Konzert zu freuen; lächelnd wiegte sie den Kopf hin und her. Es stellte sich heraus, dass sie schon seit langem taub war und es daher als Genuss empfand, nach Jahren der Stille wieder Musik zu hören.

Sicher müssen noch viele Experimente gemacht werden, bevor dieses Telewasser sinnvoll eingesetzt werden kann.

Interview mit Daniil Charms

Daniil Charms wurde 1905 geboren und ist 1942 während der Blockade Leningrads gestorben. Über sein Leben ist wenig bekannt. Er schrieb Kinderbücher und Nonsensgeschichten. Dies ist ein fiktives Gespräch mit ihm.

J (= Journalist): Herr Charms, Sie gehören zu den Schriftstellern, die schon sehr lange schreiben, ohne jemals Erfolg gehabt zu haben. Erst in den letzten Jahren finden Ihre Bücher reißenden Absatz. Worauf, meinen Sie, ist dieser augenblickliche Erfolg zurückzuführen?

Ch (= Charms): Ach, ich kann es mir nicht erklären. Wissen Sie, ich habe mir selbst ein Buch von diesem Charms gekauft und darin gelesen. War sehr enttäuscht. (Er holt das Buch aus seiner Tasche und blättert darin.) Hören Sie sich das an: »Begegnung. Da ging einmal ein Mann ins Büro und traf unterwegs einen anderen, der soeben ein französisches Weißbrot gekauft hatte und sich auf dem Heimweg befand. Das ist eigentlich alles.« Was soll das heißen? Wo ist da der Sinn?

J (*hüstelt*): Lassen Sie doch diese Faxen, Herr Charms, gerade Sie müssten doch am besten wissen, was Sie sich dabei dachten, als Sie diesen Satz schrieben.

Ch: Nein, ich kann mich nicht erinnern, so etwas jemals gelesen, geschweige denn geschrieben zu haben. Wenn es stimmt, dass ich diesen Satz geschrieben habe, dann distanziere ich mich erklärtermaßen davon.

J (*verwirrt*): Nun, Herr Charms, lassen wir das. Ich gebe zu, ich bin kein großer Anhänger Ihrer Texte, da ist einfach zu viel Blödsinn drin, aber wir müssen nun mal dieses Interview machen. Im Klappentext Ihres Buches gibt es keine Informationen über Ihre Person, nicht einmal Ihr Geburtsort wird angegeben. Nennen Sie mir doch in wenigen Worten die Stationen Ihres Lebens.

Ch: Ist das alles?

J: Fürs Erste ja.

Ch: Gut, dann reden wir lieber nicht darüber.

J (*seufzt*): Ich habe mir schon gedacht, dass Sie ein Kauz sind ... Versuchen wir's mit konkreten Fragen. Sagen Sie, wo sind Sie geboren?

Ch: In Zaryzyn, 1900.

J: Ich dachte 1905.

Ch: Die Geburt zog sich fünf Jahre hin, ich sprang immer wieder in Mutters Schoß zurück. Mein Vater ist auch in Zaryzyn geboren und meine Großmutter ebenfalls, mein Schwager erst recht, und unser Schuldirektor, und Lenin ist sogar ganz in der Nähe geboren ...

J: Lenin interessiert mich nicht. Sagen Sie, wie verlief Ihre Kindheit?

Ch: Oh, die lief mir immer davon. Aber ich blieb ihr hart auf den Fersen. Einmal schnitt ich ihr den Weg ab und packte sie. Wir rollten eng umschlungen das Ufer hinunter in den kalten Fluss. Dort ertrank sie und ich beinahe auch.

J: Wie soll ich das verstehen?

Ch: Wer sagt Ihnen, dass Sie das verstehen sollen?

J (*verunsichert*): Niemand. Aber verstehen will doch jeder etwas. Wann haben Sie eigentlich angefangen zu schreiben?

Ch: Irgendwann Weihnachten, im April, als der Weltkrieg noch gar nicht angefangen haben konnte, aber schon seine Schatten vorauswarf, nämlich auf mein Blatt Papier in Form von Tintenklecksen. Sie wurden sogar in der Schülerzeitung abgedruckt. Der Staatssicherheitsdienst vermutete darin eine konspirative Geheimschrift, obwohl es nur Liebesgedichte an meinen Direktor waren. Er hatte ein überaus sympathisches Doppelkinn. Kurz, ich wurde von der Schule gejagt und geriet auf Abwege.

J: Fabulieren können Sie. Das streitet niemand ab. Aber der Leser will auch die Wahrheit hören. Die Fakten, bitte.

Ch: Keine Sorge. Unterwegs traf ich Maschenka, und mit ihr suhlte ich mich im Schlamm. Maschenka war nämlich ein entlaufenes Schwein mit Sonnenbrille und einer reizenden Schnauze. Wir beschlossen zu heiraten, aber fanden niemanden, der uns trauen wollte – entweder waren die Priester minderjährig oder konservativ. Jemand sagte, für unseren Fall sei ein Schweinepriester zuständig. Da suchten wir in ganz Russland nach einem Schweinepriester. Vergebens! Auch in Europa fand sich keiner, und in Amerika zu suchen hatten wir keine Lust. Schließlich ließ sich Maschenka in einem Textilgeschäft als Kassiererin anstellen ...

J (*aufgebracht*): Hören Sie auf, Herr Charms, das macht einfach keinen Spaß.

Ch: Lassen Sie mich noch zu Ende erzählen. Maschenka verliebte sich in den Geschäftsführer und fuhr mit ihm nach Italien. Ich blieb allein, arbeitete mal als Friedhofswächter, mal als Souffleur im Theater, mal als falscher Guru, der den Menschen weiszumachen versuchte, dass die Welt ein von Gott befruchtetes Ei sei, und wenn dieses Ei platze, das tausendjährige Reich beginnen würde. Aber dann wurde ich Filmschauspieler. Einmal spielte ich sogar Greta Garbos Klobürste ...

J (*lacht höhnisch*): Greta Garbos Klobürste! Sehr gut, sehr gut. Allerdings habe ich diese wundervolle Frau nicht einmal in der Nähe eines solchen ekligen Gegenstandes gesehen.

Ch: Das habe ich dem Regisseur auch gesagt. »Sieh mal«, sagte ich ihm, »so eine hübsche Frau kannst du doch nicht mit einer Klobürste auf die Leinwand bringen.« Lange Zeit debattierten wir darüber, wie der Film mit Greta zu drehen sei. Schließlich brachte ich ihn so weit, dass wir beide, der Regisseur und ich, unter Gretas

Regie »Das doppelte Lottchen« spielten, obwohl wir uns äußerlich in keiner Weise ähnelten. Nur zweierlei hatten wir gemein: stark behaarte Waden und unsere Schweizer Armbanduhren. Was sagen Sie dazu? Der große Dirigent Karajan hörte von unserem Vorhaben und war so begeistert, dass er auch eine Rolle haben wollte. Greta gab ihm die Rolle der Klobürste ...

J: Genug, hören Sie endlich auf mit diesem Unsinn! Das kann sich ja kein vernünftiger Mensch mit anhören. Sagen Sie, warum erzählen Sie diesen Quatsch?

Ch: Ach, das ist eine lange Geschichte. Sie beginnt mit einem Blitz, der sich wünschte, kein Blitz zu sein, sondern ...

J: Nein, lassen Sie, ich will davon nichts wissen! Erzählen Sie lieber, ob Sie irgendwelche Vorbilder haben. Gibt es Autoren, die Sie bewusst oder unbewusst beeinflusst haben?

Ch: Beeinflusst haben mich die Walzer von Johann Strauß, der Fünfvierteltakt bei Bartók, die Seitensprünge von Tolstoj, das Zifferblatt unserer Standuhr, das Schweigen meiner Großmutter, das Über-Ich meiner Katze, die vier Himmelsrichtungen und Kants Kritik der reinen Vernunft.

J: Höre ich recht? Sie lesen Immanuel Kant? Ausgerechnet Sie?!

Ch: Ja, rechnen Sie nach, es kommt genau hin ... Damals war ich noch ein Kind, und wenn ich nicht einschlafen konnte, kam meine Mutter mit Kants Kritik an und las mir daraus vor. Darauf schlief ich prompt ein, wie von einem Hammer getroffen.

J (*seufzt*): Es ist ein Horror mit Ihnen! Ich habe doch gefragt, ob ein Autor Sie beeinflusst hat. Ich denke da an Rabelais, Swift, Sterne, Gogol ... Kennen Sie die nicht?

Ch: Sie war's, die mein Leben veränderte. Ja, damals im Frühling, mit ihr lag ich am Strand unter einem umgekippten Fischerboot, während es regnete. Ich zählte die Regentropfen, die von der Bootskante in den Sand fielen. Es waren 53 in der Minute. Damals war ich glücklich, denn sie lag neben mir und rüttelte mich hin und wieder, damit ich endlich mit dem Zählen aufhörte. Sie hatte rotes Haar und ganz niedliche Füßchen, die sie sich gern von mir kitzeln ließ. Wenn ich sie kitzelte und lachen hörte, kamen mir die besten Ideen. Ich gebe zu, sie hat mich am meisten beeinflusst.

J (*schüttelt den Kopf*): Herrje! Ich glaube, es hat keinen Sinn, Sie auch nur irgendetwas zu fragen. Was wollen Sie mit Ihren blöden Texten überhaupt erreichen? Steckt irgendein Zweck dahinter? Wollen Sie den Leser unterhalten, aufrütteln oder – was ich persönlich natürlich nicht glaube – überhaupt etwas vermitteln? (entnervt) Warum, verzeihen Sie, schreiben Sie so einen Quatsch?

Ch: Langsam kriege ich Mitleid mit Ihnen. Wissen Sie, früher schrieb ich Verse und zeigte sie einem Kritiker. Der aber rümpfte die Nase und sagte, es sei schon über alles geschrieben. Ja, dachte ich, wenn schon über alles geschrieben worden ist, warum sollte ich dann nicht über nichts schreiben. Und so schreibe ich eben über nichts. Meinetwegen Quatsch, aber sehr geordnet, sozusagen Musik der Gedanken. Sprechen wir doch lieber über Musik oder darüber, wie man durchs Hosenbein pinkelt, ohne nass zu werden.

J (*nickt*): Sehr schön. Ich frage mich nur, was ich mit diesem Interview anfangen soll. So etwas kann unmöglich gedruckt werden. Nicht ein vernünftiges Wort habe ich gehört. Nur Blödsinn.

Ch: Meine Geliebte kann das auch. Geordneten Blödsinn reden. Gestern zum Beispiel rief sie:»Sieh mal, Daniil, der Mann trägt einen Hut.« Und tatsächlich, er trug einen Hut. Ich habe es mit eigenen Augen gesehen.

J (*unruhig*): Herr Charms, das Gespräch ist beendet, verschonen Sie mich! Ich will keinen Blödsinn mehr hören, nein, keinen Blödsinn!

Ch: Wieso Blödsinn? Um Himmels willen, ich wollte Sie doch nicht kränken. Kommen Sie, gehen wir einen trinken, ich lade Sie zu Wodka und Sardinen ein. Ich trage Sie auch. (Dreht sich um)

Los, springen Sie auf meinen Rücken!

J *(verlässt den Raum)*: Pah, da bleibt einem ja die Spucke weg.

Ch *(schaut ihm nach)*: Wollen Sie meine haben?

J schlägt die Tür zu.

Ch: Ach Gott, so ein kluger Mensch und kann keinen kühlen Kopf bewahren.

Neues aus der Teilchenforschung

Die Erforschung des Mikrokosmos geht voran. Ob diese Entdeckungsreise jemals ein Ende finden wird? Es ist geradezu beängstigend – je tiefer wir in die Welt des Atoms eindringen, desto größer und komplexer scheint sie zu werden. Das lässt sich allein anhand der wachsenden Zahl der Elementarteilchen belegen, die in den letzten Jahren gefunden wurden: Zu den klassischen Teilchen Elektron, Proton und Neutron, die wir von der Schule her noch kennen, kommen Leptonen, Mesonen, Baryonen und Quarks hinzu, um nur einige zu nennen. Der Laie schüttelt den Kopf: Die Suche in einem so winzigen Raum wie dem Atom kann doch nicht unendlich sein?!

Gerade in den letzten Wochen wurde auf dem Schweizer Versuchsfeld C.E.R.N. eine sensationelle Entdeckung von neuen Elementarteilchen gemacht, deren ominöse Eigentümlichkeit alle bisherigen Fragen und ungelösten Rätsel der Atomforschung in den Schatten stellt. Es handelt sich dabei um die »Neandertals«. Ihren Namen verdanken die Teilchen dem kuriosen Umstand, dass ihre aus Messdaten errechneten Werte nach einer Formel, die von dem Briten Clark Earholder entwickelt wurde, grafisch umgesetzt das Bild eines Neandertalers zeigen, der eine Keule über der Schulter trägt. Die Fachwelt – und nicht nur sie – ist perplex. Begegnen wir unserer eigenen Vergangenheit im Mikrokosmos? Werden wir dort eines Tages zu unseren Ursprüngen gelangen? Niemand weiß es.

Auch die Militärs in aller Welt sind beeindruckt. Besonders die Amerikaner und Russen spitzen die Ohren; aber jenseits aller philosophischen Spekulation und Grübelei begegnen sie der Entdeckung der Neandertals auf pragmatischer Ebene. Da sie mit der Atom-, Wasserstoff- und Neutronenbombe bislang gute Erfahrungen gemacht haben, verfolgen sie die Atomforschung ohnehin mit nie versiegendem Interesse. Ihre Aufmerksamkeit richtet sich bei den Neandertals besonders auf jenes Detail, das ihnen ihre Stärke zu vermehren verspricht: auf die Keule. Sie werden demnächst Wissenschaftler der Frage nachgehen lassen, ob man diese Keule nicht militärisch nutzen könne.

Aberkennung des Nobelpreises

Stockholm. Dem Nobelpreisträger für Literatur, Henryk Guterhohn, wurde nachträglich der Preis aberkannt. Grund: In seiner Haarprobe, die er vor der Preisvergabe ablegen musste, konnte man den Konsum von Kokain nachweisen. Ein Irrtum sei ausgeschlossen, so der leitende Arzt, Guterhohn müsse jahrelang Kokain konsumiert haben. Eindeutiger Fall von Doping, befand das Komitee zur Vergabe des Nobelpreises. Nun scheint auch evident, woher Guterhohns irrsinnige Phantasie stammt. Viele hielten ihn ob seiner Geistesmacht für einen Titanen, gar einen Mutanten. Seine Geistesprodukte beeindruckten gewaltig, erschreckten aber auch nicht wenige, niemand konnte sich erklären, wie ein normal Sterblicher derartige Ideen und Visionen haben und in hinreißender Manier zu Papier bringen konnte. Nun wissen wir's. Dieser kleine miese Gauner. Auch ein Opfer der Geltungssucht, das sich unter Zuhilfenahme verbotener Mittel größer macht und mehr Anerkennung auf sich lenkt, als es verdient. Der Leiter des Komitees, Sven Draake, meinte: »Wie es um die früheren Preisträger bestellt war, weiß ich nicht. Aber Unehrlichkeiten dürfen wir auch im geistigen Bereich nicht zulassen. Mit Rauschmitteln könnte ja jeder ein Genie werden oder berühmt. Diese Rechnung kann und darf nicht aufgehen.«

Eine neue Lebensform: Über das Dummrumsitzen

Für Richard

Eigentlich weiß niemand, woher diese neue Lebensform kommt. Auf einmal war sie da, kam in Mode und verbreitete sich in Windeseile. Überall Anklang findend sprang sie über Landesgrenzen hinweg und überwand die Schutzmauern sämtlicher Völker und Kulturen, so dass es kaum noch ein Land gibt, in dem diese neue Art zu leben nicht anzutreffen wäre. Das Geheimnis ihres Erfolgs zu lüften fällt nicht schwer: Sie ist so bestürzend einfach zu erlernen und zu praktizieren, dass man von Lernen gar nicht sprechen kann. Jeder Mensch, sogar jedes Kind vermag sie ohne Mühe auszuüben, und wahrscheinlich hat jeder Mensch sie schon oft ausgeübt, ohne sich darüber im Klaren zu sein, dass etwas Besonderes darin liegt. Gemeint ist mit der neuen Lebensform das »Dummherumsitzen« (kurz: Dummrumsitzen). Was es damit auf sich hat, ob es sich um eine neue Religion handelt oder lediglich um eine Modeerscheinung, mit der viel Geld gemacht wird, oder ob es um irgendwelche Narreteien entsprungener Irrenhaus-Insassen geht – das versuchen im folgenden Bericht unsere Reporter Wolfram Klett und Peter Schnabelmann herauszufinden.

Als Erstes suchten wir Dr. Großberger auf, einen Kenner und Praktizierenden des Dummrumsitzens von internationalem Ruf. Er ist Vorsitzender eines der größten Dummrumsitzvereine im Lande. Voller Erwartung traten wir in sein geräumiges Büro, in dem sich auffallend viele Stühle befanden. Sich mit Mühe aus seinem bequemen ledernen Drehsessel erhebend, reichte uns Dr. Großberger seine fette warme Hand zur Begrüßung, um dann wieder in den Sessel zu plumpsen. Das Interview konnte beginnen. Aber um es gleich vorwegzunehmen: Wir erlebten eine Riesenenttäuschung, denn Dr. Großberger, von dem wir uns viele Informationen über besagte neue Lebensform erhofft hatten, fasste die Gelegenheit beim Schopfe und begann – kaum dass wir eingetreten waren – die Reklametrommel für seinen Verein zu rühren und uns einen Vortrag über die Vorzüge des Dummrumsitzens zu halten. In seinem Sessel versinkend, redete er wie ein Wasserfall auf uns ein und ließ uns nicht zu Worte kommen. Wir vermochten nur Wendungen wie »Kompensation der Hektik«, »harmonischer Kreislauf der Energie« und »die Leere als Lehre« aufzuschnappen. Schließlich wurde es uns zu bunt, und wir unterbrachen ihn mit unseren Fragen: was das Dummrumsitzen eigentlich bedeute, wie es ausgeübt werde, was er über die Zukunft des Dummrumsitzens denke, ob es sich nicht um eine Modeerscheinung handle. Die letzte Frage erzürnte ihn: »Modeerscheinung? Wo denken Sie hin! Das Dummrumsitzen ist eine neue Religion, eine Weltreligion. Was Kapitalismus, Kommunismus und sämtliche Religionen nicht zu leisten imstande waren, das wird diese neue Lebensform fertig bringen: die Menschheit zu einer friedlichen Einheit zusammenschließen. Ich rechne damit, dass in wenigen Jahren die gesamte Menschheit dummrumsitzen wird.«

Als wir ihn so reden hörten, konnten wir uns eines Lächelns nicht erwehren. Dieser Kauz schien uns ganz und gar unglaubwürdig. Die Frage, wie das Dummrumsitzen denn aussehe, beantwortete er nur mit dem Hinweis, dass man es nicht erklären könne, man müsse es selbst praktizieren. Für uns war damit klar: Er wollte mit dieser Taktik nur Neugierde erwecken und potentielle Mitglieder anlocken.

Wir fühlten uns auf den Arm genommen. Woher sollten wir nun unsere Informationen beziehen? Wo gab es noch kompetente Leute auf diesem Gebiet? Zu unserem Erstaunen erfuhren wir, dass es an der Hamburger Universität schon seit einem Jahr das Fach »Dummrumsitzen« gebe. Ohne rechten Glauben fuhren wir nach Hamburg, um uns an Ort und Stelle zu erkundigen.

Es stellte sich heraus, dass man die neue Lebensform dort tatsächlich unterrichtet. Leider waren gerade Semesterferien, so dass ein Gespräch mit dem Lehrstuhlinhaber Professor Roggenkamp nicht zustande kam. Statt seiner informierte uns sein Assistent Dr. Manfred Windstille, ein sympathischer junger Mann, der uns als Erstes die Fakultät zeigte. Auffallend war, dass es dort außer dem Sekretariat nur zwei große Räume mit vielen Stühlen gab. Von einer Bibliothek und einem Arbeitsraum keine Spur! Als wir Dr. Windstille fragten, was das zu bedeuten habe, sagte er: »Ja, wissen Sie denn nicht? Das Dummrumsitzen ist das erste Studienfach der Geschichte, das ohne Bücher auskommt. Darum brauchen wir weder Bibliothek noch Arbeitsräume. Das ist doch das Revolutionäre an diesem Fach – alles, was die Studenten brauchen, sind Zeit und Stühle. Auf diesen Umstand ist die Attraktivität des Dummrumsitzens zurückzuführen. Wir rechnen mit großem Zulauf, fürchten aber, dass das Fach mit einem Numerus clausus belegt werden könnte.«

Wir staunten nicht schlecht. Als wir den Wunsch äußerten, mit einem Studenten dieses Fachs zu sprechen, stellte uns Dr. Windstille Richard Blaumann vor. Dieser erzählte uns freimütig, wie er zum Dummrumsitzen gekommen sei.

»Wissen Sie, ich hab zuerst Physik studiert, aber das war zum Erbrechen langweilig. Ich hab zwar damals schon häufig dummrumgesessen, aber eben nicht bewusst, und daher machte es mir auch keinen Spaß. Gerade das Bewusstsein spielt ja beim Dummrumsitzen eine so wichtige Rolle. Nur wenn man genau weiß, dass man dummrumsitzt, kann man es auch genießen. Nun, nach meinem Abschluss hatte ich das Gefühl, ich müsste mal richtig studieren, mit Lust und Laune. Und da das Fach ›Dummherumsitzen‹ ganz neu war, wurde ich neugierig und begann es probeweise zu studieren. Ich kann Ihnen sagen: Es gefiel mir von Anfang an. Einfach traumhaft! So bin ich zum Dummrumsitzen gekommen, ich studiere dieses Fach mit Leidenschaft und sitze schon im dritten Semester dumm herum.«

Aufgefordert von uns, das Dummrumsitzen zu beschreiben, also auch die Gefühle, die man dabei hat, wiegte Richard Blaumann seinen Kopf bedächtig hin und her.

»Eine schwere Frage, die ich Ihnen leider nicht genau beantworten kann. Das ist so, als wenn ich den Geschmack einer Mangofrucht beschreiben sollte. Und wie sollte ich Ihnen den Geschmack einer Mango vermitteln? Nein, das müssen Sie schon selbst probieren. Es ist ganz einfach. Sie setzen sich hin und schalten Ihre Gedanken ab ... Wissen Sie was? Lassen Sie uns doch in einen Seminarraum gehen und eine Stunde lang dummrumsitzen! Sie werden sehen, dass es doch nicht so einfach ist, wie es scheint.«

Wir lehnten höflich ab – wegen Zeitmangel konnten wir auf den Vorschlag nicht eingehen. Abgesehen davon fühlten wir uns darauf nicht vorbereitet. Wir fragten Blaumann, was denn die Früchte des Studiums seien, ob er daraus viel gewonnen habe.

»Aber ja doch! Das Dummrumsitzen hat mir den Zugang zur

Gesellschaft und zur Kultur geöffnet. Ich sitze jetzt nicht nur im Theater, im Konzert und in der Oper dumm herum, sondern auch auf vielen Partys und Gesellschaften. Manchmal gehe ich mit meinen Freunden sogar in die Kneipe, um dummrumzusitzen«, sagte Blaumann stolz. Es klang sehr überzeugend.
Uns genügte das jedoch nicht. Wir forschten weiter. Aus der Zeitung entnahmen wir, dass man im Olympischen Komitee die Frage erörtere, ob man das Dummherumsitzen als olympische Disziplin aufnehmen solle. Ferner lasen wir, dass in Stockholm der erste Dummrumsitzmarathon übers Wochenende begonnen habe und dass in Israel in wenigen Tagen ein internationaler Dummrumsitzwettbewerb beginne. Allein diese Mitteilungen bewiesen uns, dass das Dummrumsitzen keine Angelegenheit der Intellektuellen und der oberen Zehntausend ist, sondern dass diese Bewegung in alle Lebensbereiche, alle Gesellschaftsklassen und -schichten hineindringt und jetzt auch im Begriff ist, Volkssport zu werden.

Wir beschlossen nach Israel zu fahren, um mit eigenen Augen zu sehen, wie Profis des Dummrumsitzens ihr Metier praktizieren.

Der Andrang auf diesen Wettbewerb war so groß, dass viele keine Eintrittskarten erhielten und wieder nach Hause mussten, wenn es ihnen nicht gelang, jemandem die Karte für den doppelten Preis abzukaufen. Die Ränge der runden Sporthalle waren dicht besetzt. Grelle Scheinwerfer beleuchteten die Arena, ein Viereck von der Größe eines Tennisplatzes, auf dem ein Heer von merkwürdig aussehenden Stühlen aufgestellt war. Die Spielordnung verlangt, dass jeder Teilnehmer seinen eigenen Stuhl oder einen beliebigen Sitzgegenstand mitbringt, ähnlich wie ein Radrennfahrer sein eigenes Fahrrad. Die Stühle waren so aufgestellt, dass jeder Dummrumsitzer der zwölfköpfigen Jury, die sich gleich am Rande des Feldes aufhielt, in die Augen sah. Es sei nebenbei erwähnt, dass es gar nicht einfach ist, die Qualifikation eines Jurymitglieds zu erlangen: Man muss dafür ein halbes Jahr lang an speziellen Dummrumsitzkursen teilnehmen, und diese sind wegen ihrer unerträglichen Langeweile sehr strapaziös.

Dieses Heer an sonderlichen Stühlen hätte man getrost in ein Museum stellen können. Was gab es da nicht an wunderlichen Sitzgelegenheiten! Wir sahen einen gediegenen, bequemen englischen Ledersessel, einen schnittigen amerikanischen Barhocker, dann ein indisches Nagelbrett mit nur drei, aber dafür riesigen Nägeln, dann einen persischen Teppich, der einen halben Meter über dem Boden schwebte, einen grönländischen Eiszapfen, einen polnischen Wackelstuhl, einen soliden und irgendwie spartanisch anmutenden deutschen Stuhl aus schwerem Eichenholz, einen abenteuerlichen kanadischen, einen mit Lianen behangenen und von wild wucherndem Grün umhüllten brasilianischen, einen aus Elfenbein geschnitzten Stuhl aus Tansania und einen hawaiianschen Stuhl, der den größten Raum einnahm: Er bestand aus einem mit Wasser gefüllten Holzbottich, und auf dem Wasser schwamm – einer Insel gleich – ein luftgefülltes Sitzkissen.

Und schon ging es los. Die Spieler hatten sich an der Linie des Feldes aufgestellt. Als ein lauter Pfiff ertönte, liefen sie zu ihren Stühlen. Es entstand ein furchtbares Gewühl, einige Stühle kippten um. Da es zudem einige Verwechslungen gab, dauerte es eine Weile, bis alle Wettbewerbsteilnehmer auf ihren Stühlen saßen. Die Jury notierte fleißig Plus- und Minuspunkte. Es sah so aus, als würden der Israeli und der Inder schon an der Spitze liegen. Verglichen mit den anderen Spielern hatten sie einen guten Start gehabt, sie waren gut ins Dummrumsitzen hineingekommen. Ihre Gesichter vermittelten in der Tat einen hohen Grad an Dummheit. Der Grönländer hatte Pech, er rutschte ständig von seinem schmelzenden Eiszapfen herunter. Schön blöd – wie konnte er auch im heißen Israel mit einem Eiszapfen antreten! Angefeuert von seinen Landsleuten saß der Israeli wirklich selten dumm herum. Aber der Deutsche und der Inder hielten sich ebenfalls nicht schlecht. Letzterem musste man Respekt zollen, denn das sollte ihm einmal jemand nachmachen: auf drei spitzen Nägeln dummrumsitzen! Schon beim Anblick war man froh, dass man einen normalen Stuhl unter sich hatte.

Allmählich steigerten sich die Spieler ins Dummrumsitzen hinein, sie kämpften stumm und verbissen um die Spitze. Das Publikum raste: So viel Dummheit auf einen Haufen hatte die Welt noch nicht gesehen! Vielleicht war das die Ursache dafür, dass sich nicht nur die Spannung des Wettbewerbs auf das Publikum übertrug, sondern auch die Dummheit, denn einzelne Zuschauer fingen an, mit Bierflaschen auf die Köpfe der Dummrumsitzer zu werfen. Doch das wurde vom schnellen und perfekten israelischen Geheimdienst sofort unterbunden.

Und dann gab es die ersten Disqualifikationen. Das Gesicht des

Deutschen hatte einen winzigen Augenblick lang klug dreingeschaut. Armer Kerl, die Spannung war für seine schwachen Nerven zu groß. Auch der Pole hatte Pech: Bei so viel Dummheit, die er mühsam zustande brachte, krachte der Wackelstuhl unter ihm zusammen. Er sammelte die Reste auf und verließ die Arena mit hängendem Kopf, begleitet vom stürmischen Beifall des Publikums. Unwillkürlich bewunderte man die Dummrumsitzer – wie konnten sie sich in diesem Hexenkessel noch konzentrieren? Es schien, dass der Israeli noch immer an der Spitze lag. Er saß dümmer herum als jeder andere, aber gleich darauf folgte der Inder, und es sah so aus, als hätte er noch ungeahnte Reserven an Dummheit in petto. Aber wie gesagt, das letzte Wort hatte die Jury, insofern ähnelte dieser Wettbewerb gewissermaßen dem Eiskunstlauf. Gut im Rennen lag auch der Russe, der übrigens auf einem Baumstumpf saß. Er sah aus, als säße er schon sein ganzes Leben dumm herum. Plötzlich ging ein Aufschrei durch die Ränge: Den Israeli verließ die Konzentration, er war mit seinen Kräften nicht ökonomisch umgegangen. Er wurde, so schien es, vom Inder überflügelt.

Noch zehn Minuten bis zum Ende des Wettkampfes. Kurz vor Schuss geschah etwas Unerwartetes. Als Folge der gebündelten Dummheit in der Arena hatte sich über den Köpfen der Spieler eine Nebelwolke gebildet, so dass man nichts mehr zu sehen vermochte. Da man dieses Phänomen schon bei anderen Wettkämpfen beobachtet hatte, war man gut vorbereitet: Sofort liefen einige Aufseher mit Ventilatoren herbei und vertrieben die dumme Wolke.

Nur noch wenige Minuten bis zum Schluss. Die Zuschauer erhoben sich von den Plätzen und feuerten händefuchtelnd ihre Favoriten an, auf die sie ihr Geld gesetzt hatten. Ein Pfiff ertönte: Schluss!

Die Jury begann sofort mit der Auswertung, während die Spieler sitzen blieben und ihre Köpfe schüttelten, um wieder zu sich zu kommen. Sobald sie klar im Kopf waren, standen sie auf und vertraten sich die Beine. Das Ergebnis des aufregenden Wettkampfes lautete folgendermaßen: Sieger wurde unerwartet der Japaner, der eigentlich keinem so recht aufgefallen war; aber es war schon richtig: Er hatte ohne mit der Wimper zu zucken – man musste unwillkürlich an Kamikaze und Samurai denken –, stur und verbissen, mit einer unglaublichen Ruhe auf seiner Bastmatte dummrumgesessen. Zweiter wurde der Russe auf seinem Baumstumpf, dritter ein Saudi auf seinem Ölfass.

Nach diesem überwältigenden Erlebnis sind wir total fasziniert vom Dummrumsitzen. Wir glauben nicht nur daran, dass es bald als neue Disziplin im Rahmen der Olympischen Spiele ausgetragen, sondern auch, dass es als neue Lebensform die Welt verändern wird. Keinesfalls handelt es sich um eine Modeerscheinung oder um einen verrückten Sport; es ist etwas noch nie da Gewesenes, man könnte sagen: eine neue Weltreligion, die imstande ist, die Menschheit zu vereinen. Und eine dummrumsitzende Menschheit könnte nur friedlichen Charakter haben. Give peace a chance – lasst uns dummrumsitzen!

Wie oben ausgeführt, ist jeder Mensch ohne weiteres befähigt dummrumzusitzen, auch ohne Hilfe von Büchern. Trotzdem, wer am Dummrumsitzen ernsthaft interessiert ist und wissen möchte, wie man es am besten erlernen kann oder was andere Menschen für Erfahrungen mit dem Dummrumsitzen gemacht haben, der sollte sich folgende Literatur ansehen:

– Sebastian Großberger: *Dummrumsitzen in 18 Lektionen.* Hamburg 1987.
– Jerry Jumper: *Mein Leben im Sessel. Die Autobiografie eines Dummrumsitzers.* Aus dem Amerikanischen von Hugo Bierrausch. New York 1992.
– Rudolf Möchtgern: *Theorie und Praxis des Dummrumsitzens.* München 1992.
– Oblom Oblomow: *Dummrumsitzen. Einführung in ein neues Leben.* Aus dem Russischen von Liesbeth Ruhesanft. Berlin 1995.
– *Untersuchungen über langfristige physische und psychische Veränderungen beim Dummherumsitzen,* herausgegeben von Wissenschaftlern des Sedy-Instituts. Hamburg 1998.

Der Podexbeschleuniger

Der geniale holländische Ingenieur, Erfinder und Wissenschaftler Willem van Treetmalrin und der Schweizer Humanbiologe Jasper Schnüff haben zusammen, analog zum Teilchenbeschleuniger, einen so genannten Podexbeschleuniger auf dem Reißbrett konstruiert. Der Podexbeschleuniger, von manchen auch scherzhaft Hinterteilchen- oder Arschbeschleuniger genannt, hat gigantische Ausmaße. Würde man ihn jemals bauen, so hätte er nur im Weltraum Platz. Ideal wäre es, meinte van Treetmalrin, den Podexbeschleuniger um den Mond herumzubauen. Von ihrer Konstruktion erhoffen sich die beiden Wissenschaftler neue Erkenntnisse über bisher unbekannte Dimensionen und Qualitäten des Menschen. Jasper Schnüff vermutet im Podex sogar den Sitz der menschlichen Seele.

Bei diesem Projekt gäbe es nur folgendes Problem: Die »Hinterteilchen« müssten jung, frisch, fest und noch warm sein. Geschlecht und Hautfarbe spielten keine Rolle. Wer aber möchte schon der Forschung sein Hinterteil freiwillig zur Verfügung stellen?

Philip Troubledouble, der Chef der amerikanischen Raumfahrtbehörde NASA, besah sich die Pläne des Podexbeschleunigers und schüttelte den Kopf. »So etwas Verrücktes!«, lautete sein Kommentar. Er fügte jedoch hinzu, dass er stets etwas für ausgefallene Ideen übrig habe. Er sei keineswegs gegen die Aufstellung des Podexbeschleunigers im Weltraum, für die NASA wäre das eine willkommene Herausforderung. Abgesehen davon müssten die Amerikaner im Wettbewerb mit den Russen in der Forschung nicht nur die Nase, sondern auch den Hintern vorn haben. Nur – wer solle dieses gigantische Projekt bezahlen?

Als Gegner des Podexbeschleunigers trat der italienische Kulturphilosoph Spinato Caravelli auf den Plan. Er befürchtete, dass nach der Errichtung des Podexbeschleunigers eine Jagd auf Gesäße stattfinden würde. Es entstünden kriminelle Vereinigungen von Gesäßjägern, deren Ziel es wäre, den Menschen mit allen nur erdenklichen Mitteln den nackten Hintern abzuluchsen. Ein jeder müsste stets um sein Hinterteil besorgt sein. Auf Kultur und Gesellschaft hätten solche Aftergedanken, selbst wenn sie nur im Hinterkopf rumorten, eine verheerende Wirkung.

»Man stelle sich vor«, sagte Caravelli, um uns einen Vorgeschmack auf die Zeit nach der Errichtung des Podexbeschleunigers zu geben, »da legt man sich in einem Park auf die Wiese, und dann, wenn man aufwacht, stellt man plötzlich fest, dass einem der Hintern geklaut worden ist! Das ist beim heutigen Stand der Technik ohne weiteres möglich. Aus Furcht vor dem Podexklau würde man sich kaum noch auf die Straße wagen, vielleicht nur mit angekettetem Hinterteil. Und Arbeitslose würden ihr Gesäß womöglich teuer verkaufen, um es durch einen billigen Plastikpodex zu ersetzen!«

Eine wahrhaft entsetzliche Vorstellung.

Mahesh Motiramani
Seelenflucht
Kurzprosa

104 S.; Paperback
ISBN 3-86520-007-9

In einer wunderschönen Mondnacht ertönte plötzlich ein ohrenbetäubendes Krachen, und der Mond war nicht mehr da! Wie das passieren konnte ist unbegreiflich. Laut Augenzeugenberichten erschien am Himmel ein gigantischer Golfschläger und schlug den Mond wie einen Ball in den unendlichen Kosmos hinaus. Seitdem gibt es keine Romantik mehr, und die Menschen leben in ständiger Angst, es könne ihre Erde ein ähnliches Schicksal treffen.

Als »witzig, gescheit und tief« bezeichnete Luise Rinser die Kurzgeschichten von Mahesh Motiramani. Seine Miniatur-Texte wirken wie sorgfältig geschliffene Vergrößerungsgläser: Scheinbar banale Alltagssituationen nehmen plötzlich groteske Züge an, entgleiten ins Übernatürliche und entpuppen sich als hintergründig-ironische Parabeln. Motiramani gibt der Welt ihre Magie zurück und hält unserer nüchternen Zeit den Spiegel vor.